东野圭吾

天才小说家

高杉峻 —— 著

长江出版社
CHANGJIANGPRESS

图书在版编目（CIP）数据

东野圭吾：天才小说家/高杉峻著.—武汉：长江出版社，2020.3
ISBN 978-7-5492-6765-1

Ⅰ.①东… Ⅱ.①高… Ⅲ.①散文集—中国—当代 Ⅳ.①I267

中国版本图书馆CIP数据核字(2019)第251966号

东野圭吾：天才小说家/高杉峻 著

出　　版	长江出版社
	（武汉市解放路大道1863号　　邮政编码：430010）
选题策划	天河世纪
市场发行	长江出版社发行部
网　　址	http://www.cjpress.com.cn
责任编辑	罗紫晨
印　　刷	三河市腾飞印务有限公司
版　　次	2020年3月第1版
印　　次	2020年5月第1次印刷
开　　本	880mm×1230mm 1/32
印　　张	8
字　　数	118千字
书　　号	ISBN 978-7-5492-6765-1
定　　价	45.00 元

版权所有，盗版必究（举报电话：027-82926804）
（如发现印装质量问题，请寄本社调换，电话：027-82926804）

推荐序　东野圭吾的文学现实

可能与当下大部分东野圭吾的读者相比，我接触他的时间更久。大约十年前，我就阅读过他的《白夜行》《恶意》和《秘密》等作品，那时东野圭吾的名字还不为中国读者所熟知，万人追捧的《解忧杂货店》也没有问世。其实在东野圭吾之前，我也接触过像江户川乱步、森村诚一等的推理作品，他们对犯罪诡计的设计，也为我在《山海经密码》《失落的唐骑》（出版名）等作品中，架构庞大的虚构历史世界和复杂人物关系时，提供了不少借鉴。相较于这些作家，东野圭吾在叙事技巧方面的突破或许不大，但却足够精彩，而且他对在作品中人性进行了深入的挖掘。

推理小说也好，网络文学也罢，设计犯罪诡计或构建奇幻历史，都离不开故事和人性。我曾在一次采访里说："网络文学要表现的不仅仅是现实世界的现实，还有虚拟世界的现实。"这两种现实的呈现同样适用于推理小说。具体到东野圭吾的作品，表现现实世界的真实有《白夜行》《恶意》、表现虚拟世界的真实则有《秘密》《解忧杂货店》。东野圭吾致力于探索人性，他的作品往往具有极强的感染力。

文学是民族文化的一大基因。在进行历史研究和奇幻历史小说创作时，我时常为《菊与刀》所阐释的那种日本民族的复杂面貌而痴迷。今年我看了《轮到你了》和《我准时下班》等几部不错的日剧，也阅读了日本作家界梦枕貘的奇幻历史作品《妖猫传：沙门空海之大唐鬼宴》，对于日本民族文化，并不感到陌生。东野圭吾的小说既有复杂周密的推理，也有对于人性的探索，这两者折射的，都是日本的民族心理和文化现实。我们会很明显地感觉到，《彷徨之刃》里的少年犯罪、《嫌疑人X的献身》的极端爱恋，都是典型的日本式的。

当回想在研究和创作过程中阅读过的历史书籍和文学作品时，日本那种迥异的文化氛围让我印象颇深，它呈现出的复杂现实和精神特质，吸引了广大读者。从太宰治、川端康成、村上春树一直到东野圭吾，一大批近现代日本作家的名字为中国读者所熟知。推理犯罪小说从某种程度上说，是更贴近社会现实的文学类型，因为犯罪的可信度直接影响着读者的接受度。现如今，几乎所有东野圭吾的推理作品都被引进国内，他的推理小说种类繁多，内容也极为丰富，全面地展现了当代日本众生相。

但是，对于东野圭吾的家庭生活、文学创作的历程和心态，以及他那些特色鲜明推理小说背后日本民族独特的心理状况和复杂人性，很多读者或许并不足够了解，而这在很大程度上会影响到读者的阅读体验。

也正因为如此，在第一次看到作者这本从东野圭吾生平经历、创作生涯尤其是日本社会背景等角度解读东野圭吾文学作品的书稿时，我就觉得它会对读者理解东野圭吾和他所书写的"现实世界和虚拟世界两种真实"有所助益。能从多角度去综合解读一位仍在创作旺盛期的著名作家,是非常困难和富有创造性的,作者做出了不错的尝试,希望他的这本《东野圭吾:天才小说家》能帮助东野圭吾的读者们更自如地深入到东野圭吾的文学世界,一起感知他奇妙推理里的文学现实,明白他的那些通俗易懂、设计巧妙又充满复杂人性的推理小说何以带给我们如此多的感动。

知名小说作者 阿菩

自序　读出一千个东野圭吾

多年以来，我都是一个不折不扣的文学爱好者，像很多人一样，怀揣着一个文学梦，这个梦想从十岁懵懂年纪阅读川端康成的《伊豆的舞女》就开始了。川端康成、渡边淳一、村上春树等这些为人熟知的日本作家，也一直是我学生时代的最爱。直到今日，我还是割舍不了那种文学情怀，一直从事出版工作，沉浸在各种各样的文字世界中。

日本文学一直是最让我倾心的部分，年少之时对川端康成作品的迷恋也一路延伸到了东野圭吾的推理小说。六年来，我也陆续阅读了他的许多推理作品，和东野圭吾也算是"老熟人"。在我看来，日本文学就如同大和民族一样，总是让人在困惑中逐渐认识和理解他们特有的精神。虽然中国和日本同处于东亚文化圈，但呈现出的东方色彩却截然不同。想象一下这样的文化特质——对唯美自然的推崇和对死亡的迷恋，在情感上的极端投入和行事上冷峻，充满病态感的执拗忠诚和肆无忌惮的伤害与争斗……沉迷于这样的文化氛围好像在精神之炉里反复锻造，你会因那种极端矛盾但具有冲击力的行为和情感世界而百感交集。

兜兜转转，我就在这样的"锻造锤炼"中接触到了东野圭吾。《放学后》里青春与人性的躁动、《秘密》里母亲与女儿灵魂与身份的错位、《嫌疑人X的献身》里奉献一切的极端爱情、《白夜行》里白日如黑夜一样的压抑、《彷徨之刃》里少年犯罪的顽疾……显然他的作品拥有日本文学的一贯特质——对人性的观照、对社会的深入剖析。这种"百感交集"既是对东野圭吾文学的一种阅读体验，更是对日本社会和文化的一种感受。或者反过来说，如果没有这种"百感交集"，或许我们对东野圭吾的理解会有所偏差。

我是一个容易投入情绪也很喜欢分析的人，情感和理性上的冲突和融合在反复摩擦，大约这就是我阅读东野圭吾等日本作家的作品时，"痛并快乐着"的原因之所在。这是一种"煎熬"，在这种"煎熬"中唠唠叨叨是少不了的，有时甚至到了不吐不快的地步。

不过，对东野圭吾这样的知名作家"评头品足"确实让我诚惶诚恐。首先，审视一位作家和他的作品，其实是和作家本人的一场单向对话，是不是属实我们不得而知；其次，这也是一场和读者的"单向对话"，一千个读者眼里有一千个哈姆雷特，当然也会有一千个东野圭吾。

因此我非常希望能通过这本书，来与和自己一样喜爱东野圭吾的读者进行交流，读出这一千个东野圭吾。在写作过程中，我首先要感谢许多身边的和未曾谋面的读者，正是你们的智慧深化了我对东野圭吾的理解，同时也要感谢家人和朋友们的不懈支持，感谢阿菩不吝作序推荐，也望能借此拙著，与大家共同探索东野圭吾的文学世界。

高杉峻

目 录

Chapter 1　推理文化孕育下的东野圭吾

日本社会文化孕育的推理小说 / 003

东野圭吾的荣誉之路 / 010

东野圭吾的硬核推理——人的觉醒 / 017

游离于正统推理之外的小说家 / 021

Chapter 2　那些青少时光里的回响

不堪回首的童年 / 029

"坏孩子军团"的疯狂 / 033

少年记忆里的怪兽 / 038

差等生打肿脸充胖子 / 044

初次试水的学生写作 / 048

功夫片结下的缘分 / 052

Chapter 3　工科生里走出的推理作家

大学里的晃荡青春 / 061

运动荷尔蒙的背后 / 065

工程师悄悄做起了作家梦 / 070

业余选手斩获乱步奖 / 075

Chapter 4　推理小说大师的进阶

十年低谷,板凳坐穿 / 083

东京饭桌的那些事儿 / 089

转变!推理小说里的"东野圭吾式" / 093

跨过千禧年的岁月 / 099

东野圭吾的"滑雪世界" / 107

家庭事业，冰火两重天 / 115

解忧杂货店的奇迹 / 121

Chapter 5　窥探文学世界的内外

《魔球》：源自爱的生命偏执 / 129

《放学后》：青春与人性的躁动 / 135

《秘密》：爱就把眼泪留给自己 / 142

《白夜行》：没有太阳所以不怕失去 / 151

《嫌疑人X的献身》：爱情不能承受之重 / 162

《解忧杂货店》：选择就是听从心声 / 171

《虚无的十字架》：难以完美的判决 / 180

Chapter 6　镜头里的千面透视

新之面孔：不得不说的秘密 / 193

命运之绳：东野圭吾的宿命交错 / 200

少年犯罪：彷徨之刃的困境 / 207

祈祷落幕：再见加贺恭一郎 / 215

走向世界：东野圭吾渡海，声名远播 / 221

东野圭吾大事记 / 227
主要参考书目 / 237

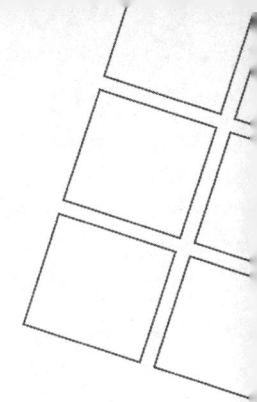

Chapter 1

推理文化孕育下的东野圭吾

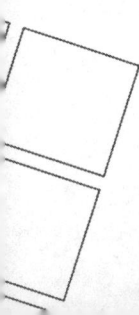

"推理文学"是日本文化的重要内容,在日本文化中,"奇诡异事"和"隐忍密谋"有着重要地位,前者如各种异闻妖怪传奇,后者如在日本广为传颂的七武士故事。这两大要素也深深影响着推理小说的创作,也正是其让日本的推理小说与中国的公案小说、西方探案小说面貌迥异。

日本的推理小说在全球享有盛誉,从江户川乱步到横沟正史、松本清张,名家辈出,上述三人成为"日本推理文坛三大高峰"。而后绫辻行人"掌舵"的新本格推理派及悬疑派、社会派等流派的崛起,使推理小说的风格与内容变得更加丰富多彩。在日本,在长达一个世纪的时间里,数十位知名推理小说作家共同构建了推理小说大厦。在继承借鉴的基础上,东野圭吾通过一部部拥有精巧细致的推理设计、跌宕诡异的故事架构、推心置腹的情感对话的作品,脱颖而出成为社会派推理的代表作家之一。

日本社会文化孕育的推理小说

作为一种文学类型，推理小说在日本焕发着蓬勃生机，很大程度上因为其在日本有更为适宜发展的社会土壤。著名的"日本四书"（鲁思·本尼迪克《菊与刀》、新渡户稻造《武士道》、戴季陶《日本论》及蒋百里《日本人》）尤其是《菊与刀》里，作家对日本民族那种多样的两极对立与融合论述非常精彩。文化上的唯美与血腥、幽玄与病态、自然与死亡；行事上的忠诚与背叛、执拗与随性、情感与义理；社会上的秩序与冷酷、家族荣誉与国家献祭，构成一种极力摇摆又格外稳固的人文环境。在摇摆和稳固之间，各种极端事件发生的概率就较高，进而形成一种特有的犯罪文化景观。这种情况为推理小说提供了很好的土壤和丰富的素材，推理小说也映照出了日本民族的复杂面貌。

日本推理小说可以追溯到作家井原西鹤在17世纪八九十年代模仿中国公案小说创作的《樱阴比事》，明治维新以后，欧美侦探小说的相继传入，为日本侦探小说的发展提供了借鉴。但直到谷崎润一郎、佐藤春夫、芥川龙之介等作家发表了具有侦探故事性质的纯文学作品后，日本本土的侦探推理小说才崭露头角。尤其是芥川龙之介的《罗生门》，小说开放式的结局、不同人物出于不同立场而对故事的多样演绎、诡异曲折的故事和利益纠葛的人际关系，都深深影响了日本推理小说的架构。

森下雨村、横沟正史等于1920年创办日本第一份侦探小说杂志《新青年》，"日本侦探推理小说之父"江户川乱步于1923年发表了《两分钱铜币》，日本本土的侦探推理小说在这一时期真正登上了文学舞台。经过江户川乱步的大力开拓和横沟正史、赤川次郎等推理小说家的持续发力，世界侦探小说也进入成熟的"日本推理时代"。江户川乱步（《女妖》

《黄金假面人》)、横构正史(《女王蜂》《本阵杀人事件》)、松本清张(《零的距离》《点与线》)、赤川次郎(《三色猫探案》《三姊妹侦探团》)、森村诚一(《大城市》《东京空港杀人事件》)、高木彬光(《破戒裁判》《检察官雾岛三郎》)和东野圭吾(《嫌疑人X的献身》《白夜行》)等数十位推理小说家用数千部的作品共同构建了日本的"推理文学大厦"。

日本推理小说有"变格派""本格派"与"社会派"三大流派。"变格"和"本格"两大派更重视"推理"本身，讲究复杂精妙的犯罪设计和侦探推理，但自从进入"日本推理时代"，无论哪一派别都具有强烈的日本色彩，即使是早年深受爱伦·坡怪异故事影响的江户川乱步也是如此。

作为日本推理小说历史上的第一位大家，江户川乱步的作品在推理中充满了妖异的色彩。尽管他在很多作品中采用了欧美侦探小说常用的"一人扮演两个角色"的精神分裂元素，但他也意识到怪谈比纯粹的推理有更深厚的文化土壤，于是他在自己的小说创作中融入了许多日式的怪谈。《蜘蛛男》里描写的美女的尸体人偶,《孤岛之鬼》里讲述的制造身体残障者,有日本文化中浓烈的"暴虐美"色彩。

从更深层次上看,矛盾性的日本社会给了推理小说提供了更大的生存空间,比如对"义理"的非法理性坚持,就让"复仇"的坚定性经得起时间的考验和意志的消磨,"七武士"为主公的名誉而展开的复杂的复仇就是出于义理,故而为人传颂。实际上,能让"推理"派上用场就意味着"犯罪"必然有着精细的计划和耐心安排,这对于以"坚忍"和"执拗"著称的日本人来说,再熟悉不过了。在推理小说里,经常有长达十几年甚至数十年的谋划过程,就像东野圭吾的《白夜行》一样,桐原亮司为了保护雪穗,几十年不见天日地守护并不断杀人,这种漫长的执拗坚持在其他文化语境里非常少见。

以横沟正史为首的"变格派"是日本推理小说的第一个大型派别,他们的很多作品在注重逻辑推理的同时,也善于利用神鬼妖魔,创造阴森诡秘的艺术气氛,这和日本长期的

"异闻妖怪"文化有着密不可分的关系,这与柯南·道尔式和阿加莎·克里斯蒂式的西方作品甚至中国东方"公案小说"都截然不同。

以江户川乱步为代表的"本格派"和以绫辻行人的"新本格派"是日本推理小说的主力。其在设置谜团、制造悬念以及解谜破案等方面下了大功夫,小说紧扣犯罪办案元素,逻辑推理严密,情节环环相扣,很容易吸引读者。

在20世纪50年代,以松本清张为代表的一批推理小说作家崛起,开始修正本格派推理带来的阅读疲劳,因为精巧的犯罪和推理模式毕竟有限,实际上江户川乱步很早就在思考如何"颠覆大家已熟知的、有名的圈套",本格推理的模式的创新越来越难。

松本清张在进行逻辑推理的同时,努力去揭示犯罪的社会原因,反映社会的重压和矛盾,再现普通人的矛盾和苦恼,形成了颇具现实感的阅读体验,这也丰富了其表现力,打破了和其他小说的隔阂，突破了单纯猎奇的局限。因此，日本推理小说中的"社会派"逐渐发展壮大，东野圭吾就是这一派别中的佼佼者。

东野圭吾和其他"社会派"推理小说家一样，注重表现犯罪和侦探的内在现实性和真实性，不再单纯追求破案情节的峰回路转，而是着重刻画人物性格，寻求犯罪背后的社会根源和人自身的困境。"变格派"和"本格派"有着浓厚的日本文化色彩，更精于犯罪模式的设计，"社会派"则将推理小说和日本当代社会更加紧密地联系在一起。

东野圭吾经历了日本社会的泡沫经济时代和随后的经济大崩溃时期，这段"二战"后大起大落历史，让每一个平常人都难以逃脱激流旋涡，各种社会事件频繁发生（如学生运动、少年犯罪、经济诈骗等），人生的光辉与挣扎都显露无遗，很多事件还形成广大的社会舆论，东野圭吾目睹社会现状，渴望人与自我、人与人、人与社会和解，这种关切一再反映到他的推理小说中。《彷徨之刃》中的少年犯罪，《秘密》

里对爱情的执着与放手,《解忧杂货店》里对善良的追求,《祈祷落幕时》对死刑和犯罪惩罚的双重思考……无一不带有日本社会色彩。如此一来,东野圭吾便通过小说为读者提供了管窥日本社会的机会。

东野圭吾的荣誉之路

作为推理小说大国,日本有大量奖项(如江户川乱步奖、日本推理作家协会奖等)来鼓励作家进行推理小说创作,成熟的出版和评奖体系也一定程度上说明了推理文学在日本的地位。作为社会派推理的代表作家之一,东野圭吾也通过众多奖项证明了自己的创作能力,为自己赢得了很高的荣誉。

不过作为一个工科生,东野圭吾的获奖之路并不顺利,在 1985 年获得江户川乱步奖之后的十余年间,一直"陪跑"的经历让东野圭吾深为苦恼。但是进入 21 世纪后,进入创作成熟期的东野圭吾在获奖之路上展示出了"当仁不让"的风采，这也是对他作品的一种肯定。

东野圭吾在"晃荡的青春"时代，是一个并不爱读书的少年。直到 1973 年，上高中的东野圭吾才通过《阿基米德借刀杀人》（时年 52 岁的日本推理小说家小峰元凭借该作荣获第十九届江户川乱步奖）真正接触到推理小说。而东野圭吾并没有系统接受推理小说的创作技巧训练，走上创作道路，也有很大的"一时兴起"成分。当时的日本文坛或许没有预料到，这个"即兴创作"的工科生，后来会成为著名的推理小说作家，并且获奖无数。

江户川乱步奖

江户川乱步奖以"日本侦探推理小说之父"江户川乱步命名，在日本推理小说界有着崇高的地位。该奖从 1955 年开始，每年颁发一次，从 1957 年的第三届开始，它成为鼓励推理新人作家的奖项，并且要求应征稿件必须是未公开发表的作品，获奖后还将出版。从这个意义上看，该奖项完全是为了鼓励新人"出人头地"而设立的。

1982年东野圭吾重拾了高中时期就尝试的推理小说创作，仓促"拼凑"一部《人偶之家》应征1983年的乱步奖，结果这部连初出茅庐的东野圭吾都不太满意的作品，却出人意料地杀入了第二轮评选，这给了他很大信心。仅仅一年后，东野圭吾就凭借《魔球》入围了1984年乱步奖最终决选。接着随后而来的1985年，东野圭吾携《放学后》和森雅裕（《莫扎特不唱摇篮曲》）一起斩获了乱步奖。

乱步奖一直重视"本格"推理，东野圭吾的《放学后》虽然布景在学校这个不大的环境中，但逻辑推理还是非常精彩。这部作品在推理之外，已经显示出东野圭吾自己创作的特点：对青春的关注，对人性幽暗的反映，对日本社会困境的揭示。

日本推理作家协会奖

日本推理作家协会奖从 1948 年开始颁发，每年一届。该奖由日本推理作家协会组织，但获奖者并不限于日本推理作家协会的会员。相较乱步奖，日本推理家协会奖对作品的成熟度要求更高一些，该奖的分类很细，因此获奖人数更多。作家协会奖上出现的推理小说大师的身影也比乱步奖多一些。

在获得乱步奖之后，东野圭吾进入了长达十年的沉寂期，直到 1998 年《秘密》的畅销，东野圭吾才一扫创作的阴霾，并持续发力在第二年获得第五十二届日本推理作家协会奖。长期以来日本推理家作家协会比较注重"本格推理"，《秘密》聚焦于爱情与家庭，其本格色彩并不浓厚。它的获奖，对东野圭吾来说有着重要意义。

《秘密》几乎没有悬疑，也没惊心动魄的情节，将其归为"推理小说"确实有些勉强。这部作品的获奖对东野圭吾的影响是巨大的,这意味着这种社会性的作品在推理小说界获得了认可。

直木奖

直木奖是为了纪念直木三十五(日本大正与昭和时期著名的小说家)而设立的文学奖项,于1935年与芥川奖同时设立,每年颁发两次,主要是为了表彰面向大众的作品。东野圭吾的《秘密》就曾入围直木奖,这在某种程度上也意味着东野圭吾的作品早已在日本流行开来。

到了2005年,东野圭吾凭借《嫌疑人X的献身》斩获了第一百三十四届直木奖。这部堪称"虐心"的悬疑爱情小说,将那种为了爱而不顾一切地"献身"演绎得淋漓尽致。以爱情为主题的小说,永远不缺少读者。当然这部作品推理因素也很浓重,数学天才"石神哲哉"和神侦探"汤川学"的对决非常精彩,这部小说还获得了第六届本格推理小说奖。

吉川英治文学奖

在获得直木奖十年之后的 2014 年，东野圭吾又凭借《祈祷落幕时》斩获了日本文学界最有分量的奖项之一——吉川英治文学奖。该奖为纪念在日本有着"国民作家"之称的吉川英治而设立，首次颁发于 1967 年，每年举办一届。

东野圭吾的创作在社会化和通俗化的道路上越走越远，尽管他依然被称为推理小说家，但在《流星之绊》和《解忧杂货店》等作品之中，推理成为"陪衬"。前者游走于城市中的酸楚，后者徘徊在人性中的踟蹰，都将小说主题升华到了更高的层次。

作为"加贺恭一郎系列"的第十本小说，《祈祷落幕时》那种时时阴郁而又充满对爱渴望的氛围，以及对"福岛核泄漏"和"债务问题"的关注，都让东野圭吾的推理充满了现实感。

虽然很难厘定东野圭吾小说里那种"迥异于东方文化"的日本文化元素的比例，但其小说在推理之外塑造了大量执拗而极端的日式性格人物，刻画了超越法理的日式犯罪模式，描写了向往幻灭的死亡意识，构建了秩序井然而又矛盾重重的社会，还植入了茶道、剑道等日本文化因子。相比松本清张等社会派的推理小说家，东野圭吾的小说更注重对性格丰满而矛盾的"人"和当代社会的全景展现，他的创作也越来越有向面向大众的纯文学（通俗文学）转变的趋势。这或许也能让他在推理之外，和日本文学大家紫式部、松尾芭蕉、芥川龙之介、川端康成、渡边淳一、村上春树等一样，更好地带领我们领略日本那独特的东方文化。

东野圭吾的硬核推理——人的觉醒

在东野圭吾的小说里,读者能很容易地感受他对人的关注要大于对"犯罪"本身的关注。他的很多小说,像代表作《秘密》《嫌疑人X的献身》等,人物给读者留下的印象要超过推理本身。在《虚无的十字架》《白夜行》《解忧杂货店》等作品中,"推理"已经不再是首要因素,对"人"的关注成为高于推理的存在,这也是东野圭吾推理小说的一大特色。

东野圭吾和他的推理小说,在中国的流行不过十年,从2008年左右他的作品开始被陆续引进中国,这些作品包括《湖边凶杀案》《侦探伽利略》《幻夜》《伽利略的苦恼》《恶意》《变身》等。随着《嫌疑人X的献身》《秘密》《白夜行》《解忧杂货店》这四部作品的极大畅销，在中国，东野圭吾成为和紫式部、芥川龙之介、川端康成、村上春树等一样家喻户晓的日本作家，风头一时无两。在这十年左右的时间里，东野圭吾的名字从中国读者眼中的"白纸"，变成了五彩斑斓、千人千面的"名画"。读者也逐渐熟悉那个面庞俊朗、眼神深邃的作家和他独具风格的推理作品。

无论是变格派、本格派、悬疑派还是冷硬派、法庭派，这些以犯罪设计和抽丝解谜为主要走向的派别，构成了日本推理小说的主流。但是大批经典的作品，已经将各种诡计应用殆尽，推理设计很难再有创新。东野圭吾在"社会派"的基础上，将重心转移到对人的刻画与人性的暴露上，可以说促进了日本推理小说"人的觉醒"。

以《嫌疑人X的献身》为例，靖子母女失控杀死了死缠烂打的前夫富樫慎二，一直暗恋着靖子的石神哲哉为了帮助她逃脱法律的制裁，精心设计了一个大局，这可谓是基于传统推理的"精妙安排"。但小说中情感的成分远远盖过了这种设计，石神哲哉为了所爱之人不惜撒谎欺骗警察、消灭痕迹、顶罪，甚至杀人。这种极端的爱背离了理性。无论是前夫的纠缠还是石神哲哉的"救助"，背后都是日本社会环境中女子"无力地位"的写照；比"大男子主义＋纤弱小女人"常规爱情更进一层的"极端恋"在日本现实和文化语境里都不陌生，石神哲哉的"献身"在日本文化中就有了被认可的空间，因为在日本特定语境中，"义理"和"情义"要高于生命、伦理乃至法律。这就使得东野圭吾的《嫌疑人X的献身》中的推理"退居二线"，那种诡异而激烈到极致的情感和爱情里的迷失的人才是小说的核心。

类似的小说模式在《毕业后》和《白夜行》《秘密》《恶意》等作品中也得到了运用。与其说东野圭吾的推理小说建立在此类小说"应有的"情节诡奇之上，不如说他打破了推理小说人物脸谱化的桎梏。在东野圭吾的笔下，推理小说中的人比复杂演绎的犯罪故事有了更高的地位，他们不再是"犯罪的机器"。这种"人的觉醒"让东野圭吾的推理小说极具情感性。

东野圭吾这种带有东方神秘和日本式生命感的推理小说，似乎让兴盛了一个多世纪的日本推理小说实现了真正的"蝶变"。虽然有时东野圭吾在推理上的精彩程度与江户川乱步、松本清张甚至绫辻行人相比有所逊色，但他在人性的深刻剖析、对社会的观照上又独树一帜、独具慧眼。正是这种推理之外的对人性的深入剖析，才造就了他的与众不同。

游离于正统推理之外的小说家

  在东野圭吾作品介绍到中国之前，虽然有江户川乱步、松本清张以及和东野圭吾同时代的绫辻行人（馆系列）等推理大师作品的引入，但这些作品并未像芥川龙之介、村上春树的作品那般流行。这些作家无疑是日本推理小说界的佼佼者，江户川乱步被誉为日本"侦探推理小说之父"，和横沟正史、松本清张并称为"日本推理文坛三大高峰"，绫辻行人有着"新本格推理掌门"之称。以这些大师为代表的传统日系推理小说，更重视叙事技巧和犯罪诡计设计，小说情节奇诡但和普通人的距离有些远，在某种意义上难以引起关注现实的中国读者的共鸣。他们的作品没能畅行于中国，或许和两国读者所处的文化环境不同有很大关系。

在中国无论是"狄公案"还是"包公案",虽然也讲究环环相扣的推理逻辑,但统摄其上的要么是国运政治的宏大架构,要么是儒家社会的"人"与"仁义礼智信"的冲突,简单地说它们更具有社会和生活的体验感。正因为如此,冷眼批判现实的芥川龙之介和描绘青春成长与现实人生的村上春树,就很受中国读者的喜爱。东野圭吾作为一个游离于本格推理正统之外的小说家,许多中国读者对他反而有一种天然的亲近感,他们通过一本本书、一部部影视剧,对这位面相雅致的作家已经极为熟悉。

东野圭吾在 1997 年甚至写出了《名侦探的守则》这样反本格推理的小说,如同揭穿魔术一样,他对本格推理小说的典型模式进行了辛辣批判。就像前文介绍的,由于对推理本身的消解,东野圭吾成为日本推理小说里的另类。

《解忧杂货店》《白夜行》等一众小说的畅销,让很多读者对东野圭吾的作品不再陌生。但他的自传随笔作品还没有被读者所重视。其实"窥探"作家的生平和过往,也是了解他作品的一条捷径。

东野圭吾至今总共创作了五部随笔集：《那时我们是傻瓜》《挑战？》《科学？》和《梦回都灵》《东野圭吾最后的致意》。他在《东野圭吾最后的致意》中直言："正如书名所示，这恐怕是我的最后一部随笔集了。"如此一来，我们便可以通过这些"原始资料"来梳理东野圭吾的创作历程了。

《那时我们是傻瓜》（中译本为《我的晃荡的青春》）和《东野圭吾最后的致意》是五部随笔中自传色彩最浓重的两本。作家的创作特点和自身的性格、经历和所处的时代有着密切的关系，这也是作家作品能像万花筒一般变化多样的原因之所在。东野圭吾作为游离于正统推理（本格推理）之外的小说家，他的行文风格、作品内容等都可以在他的这些自传里窥得一番。

东野圭吾的学生时代正是日本学生运动最为活跃的20世纪六七十年代，整个学生时代的无序感非常强，因此留存的记忆点就会多很多，他在自己的自传里讲述得非常仔细和明确，这种详细记忆是很多人没有的。正因为如此，东野圭吾的不少小说就是以学生为描写对象的，比如《酷酷的代课老师》《毕业：雪月花杀人游戏》《毕业后》《彷徨之刃》等。那个时代学生的癫狂之态和对死亡的莫名亲近在村上春树（几乎和东野圭吾同龄）的《挪威的森林》里也可以看到。

东野圭吾经历了20世纪80年代后期到90年代初日本泡沫经济时的那种全民投机的疯狂时代，而他的创作又集中在泡沫磨灭后漫长的"平成大萧条时期"（失去的三十年），大起大落的经济动荡和长时间的危机，深刻地影响了社会秩序和人的情感认知。对这种现实的直观感受导致了东野圭吾创作视角的转变，体察社会动向和表现人的矛盾成为他作品的重要主题。实际上在这一时期的日本推理小说中，"社会派"推理作品是最为畅销的。

东野圭吾也是一位生活感非常强的作家，他在《东野圭吾最后的致意》中就详细讲述了自己学生时代对剑道的热爱，成为作家后对滑雪的痴迷等,这些也都常见于他的小说之中,甚至他还创作了滑雪(根津)系列小说:《雪国之劫》《疾风回旋曲》《风雪追击》《恋爱的贡多拉》。他对生活的观察细致入微,他在自传中对童年和学生时代的详细叙述,对家人过往的回忆分析,不禁让人感叹其记忆力之好和感受力之敏锐,这也有助于他在小说中构建复杂的生活场景和塑造丰满的人物形象。

传统的日本推理小说,对犯罪的描写极为诡异、恐怖,有的甚至加入鬼魂、异闻等元素,当然这也是推理侦探小说的一贯手法,来营造跌宕起伏、悬念丛生的情节。然而东野圭吾的推理小说,则在揭露人性幽暗和社会扭曲的同时,表现那种超越苦痛的爱,充满了传统推理小说不具备的温情。其实这也和东野圭吾的乐观有关。1995年发表《那时我们是傻瓜》时,东野圭吾已经是三十七岁的中年人了,他还是像学生时代一样嬉笑甚至还有些顽皮;2007年发表《东野圭吾最后的致意》时,东野圭吾在知天命的年纪,依然从容乐观,甚至还在回忆获得"江户川乱步奖"时,恶作剧般"嘲讽"

了传统本格推理。东野圭吾曾说过，比起"推理小说"，自己的作品更像"娱乐小说"，即"让人在阅读中得到乐趣的小说"，这种创作宗旨大概源自他自己的乐观态度。

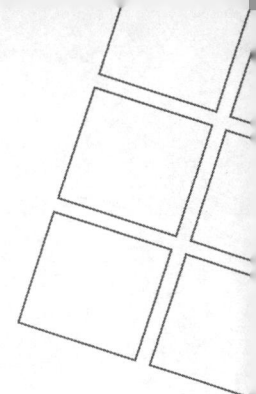

Chapter 2

那些青少时光里的回响

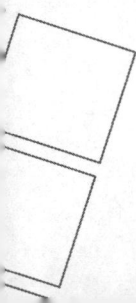

青少年时代的东野圭吾，算不上通常意义上的好学生，甚至就如他所写的那样"那时我们是傻瓜"，他自己就是里面"突出"的一个。尽管时过境迁，那时的岁月对东野圭吾来说还是历历在目，回忆也有好有坏。在自己的个人经历之外，那时的东野圭吾也有和当时日本青少年相同的生活体验，比如痴迷怪兽电影和李小龙功夫片，遇到学生中的坏孩子军团……

这些经历和体验一方面被东野圭吾详细记载在自己的自传作品中，我们得以有幸一览这位推理作家的"晃荡"青春；另一方面也影响着东野圭吾对世界的认知。东野圭吾上了高中之后开始接触并阅读了大量推理小说，甚至还进行了创作尝试，正是这些阅读和尝试为东野圭吾的推理世界埋下了第一块基石。

不堪回首的童年

　　一般而言，如果家庭没有什么大的变故，我们童年的经历大体都是相像的。东野圭吾童年时期几乎没有留下什么照片，据他说是因为在被称为"日本人罗圈腿元凶"的走步器里学走路时摔伤了脸蛋。估计是爸妈"嫌丑"或者是怕东野圭吾长大之后"算账"埋怨吧，所以他们并未给他拍摄照片。当然，谁的童年还没有遇到粗心大意的父母呢。在东野圭吾四岁的时候，一次父母看相扑比赛转播入了迷，直到东野圭吾妈妈去市场买东西时，听到邻居说"刚才广播里在找你呢"，才意识到孩子不见了。

　　在东野圭吾记忆里占有很大分量的就是小学时候的学校

食堂,理由无他,只是因为食堂的饭菜太过难吃而已。日本人在吃上非常讲究,日本有着独具特色的东方美食文化,日本料理也是和中国菜、法国大餐等齐名的"美食品牌"。虽然东野圭吾不怎么瞧得上家里那个卖钟表眼镜、贵金属等饰物的小店,但有了生意进项的生活其实还不算太坏,吃的虽然不是满盘珍馐,但至少也和很多日本人一样"讲究"。结果进入小学之后,食堂那难吃的饭菜结结实实给了东野圭吾一顿猛击。

  东野圭吾甚至痛心疾首地称自己的小学食堂是"剩饭制造工厂"。早在东野圭吾上小学之前,他就从姐姐的描述里对小学的伙食充满了恐惧。东野圭吾二姐甚至明确告诫道:"明白告诉你,非常难吃。你最好有思想准备。"日本在明治维新后,教育改革基本"全盘西化",在饮食上也是如此。东野圭吾对小学第一餐记得非常清楚:面包两个、黄油若干、牛奶、蔬菜汤、橘子罐头。这标准西餐式搭配让东野圭吾觉得"还算可以",不过他还是被这"迎新饭"给骗了,从此之后食堂饭菜就朝着"难吃"的方向一路狂奔,再也没有回头。

小学第二天的午饭就让他留下了心理阴影：冰凉的蔬菜汤里是如同石头一样的红薯和胡萝卜，还有像废纸屑一样皱瘪干枯的菜叶。唯一的日本料理竹轮不仅辣还和橡胶一样硬。后来有一次，东野圭吾在菜汤里还吃出来一条两厘米长的活虫子，他把带着虫子的菜汤端给班主任看，幻想着老师能向学校汇报这骇人的情况，改善一下伙食。然而被吓得面庞扭曲的班主任仅仅是命令东野圭吾倒掉而已，并没有像他期望的那样成为"为民请命"的英雄，这让他感到十分失望。

如此一来，难吃的饭菜就一次次被倒掉。学生们毫不犹豫地将那些东西倒进教室前方的铝制容器里，不一会儿就将它填满了。然后这些剩饭剩菜又被装进大桶搬上卡车运到附近的养猪场。由于饭菜长期难吃得不得了，东野圭吾和朋友们不禁怀疑学校是为了向养猪场卖剩饭才将他们的午餐搞得那么难吃。东野圭吾说："因食物而生的怨恨是一辈子都无法抹去的。"相信很多人对学校食堂也有过类似的痛苦回忆。

在小学食堂难吃的饭菜的陪伴下，东野圭吾度过了一个像你我一样的"平常"童年,甚至还有幸从保健委员和园艺委员"升级"为儿童会副会长,当然即使当上了副会长,东野圭吾也觉得自己除了在会长身边站着好像啥也没干。如此一来,对于童年,东野圭吾的回忆确实有些不太友好。

"坏孩子军团"的疯狂

　　等东野圭吾升入初中,环境却变得截然不同。20世纪60年代以后,英法新浪潮催生的"愤怒的青年"和"对抗性的一代",夹裹着西方世界的"性解放运动"也席卷了日本这个本身在"暴力"和"性"问题上就显得有些随意的国度。中学的学生身边堆满了各种各样印有美女帅哥照片的杂志。

　　20世纪70年代的日本,无疑又是一个动荡的时代,各种斗争层出不穷。安田讲堂事件与学生的罢课运动导致了学校风气的改变。教师权威急剧降低,不良学生虽然只是一小撮,但他们肆无忌惮的程度远超过我们的想象。东野圭吾所在的公立初中，第十七届的学长们打断了老师的腿，直到东野圭吾入学时学校里还到处是破坏的痕迹。不巧的是，东野圭吾正赶上"疯狂的第二十四届"，学生上课对老师甩刀子、运动会打架、欺凌女同学、赌博偷窃……恶劣行为不胜枚举，作为这届学生的成员，东野圭吾没有学坏也真是万幸。

"疯狂的第二十四届"并没有给东野圭吾留下什么好的回忆。即使在看似比较简单的运动上，东野圭吾回忆起来也是觉得后怕。在一片乱象中，没有加入"坏学生军团"的人中个子最高的东野圭吾成为班长。最让这个徒有虚名的班长头疼的就是初三开球类运动会的时候。

普通学生都选择了不和对方接触的排球，而坏学生全都心怀鬼胎地选择篮球。可惜排球组人数过多，作为班长的东野圭吾不得不连忽悠带恳请地请朋友同学和自己一起去篮球组。结果那些坏学生"全副武装"地揣着螺丝刀和匕首来了，东野圭吾又不得不死死抓紧吓得想溜走朋友的手腕。毫不意外，比赛一开始东野圭吾和他的朋友们就被凶狠的冲撞和犯规所困扰，好像遭受了一阵"拳打脚踢"，直到"坏孩子军团"里的一个挥舞塑料锤的家伙被己方的螺丝刀误伤血流不止，老师们才终于中止了比赛，挨个从每个人身上搜查凶器。警笛声越来越近，东野圭吾和朋友们剩下的愿望就是在被这些家伙包围的中学里四肢健全地毕业。

虽然东野圭吾没有成为坏学生，但作为"普通学生"的他，想要好好学习也就成了"奢望"，何况东野圭吾从小学就开始"晃荡"，坏事没做多少但"不求上进"，这是连他自己都承认的。动荡的校园让东野圭吾过早地接触了社会的东西（很多是诱发犯罪的因素），心智和承受力也并非通常意义的"学生"能比的。更为重要的是，学校的混乱衍生出大量可以书写和演绎的题材，而且未成年犯罪一直是日本社会的一大问题，许多影视、文学和漫画作品都聚焦于这一问题。东野圭吾也创作不少校园题材的作品，像《毕业：雪月花杀人游戏》《放学后》《彷徨之刃》等都是这一类型的小说。

直到今日，像2000年的《大逃杀》（改编自日本作家高见广春1999年出版的同名小说，主要讲述三年级的学生被教师遣送到一个荒凉小岛进行真实的"杀戮游戏"）和2010年的《告白》（改编自日本推理小说家凑佳苗2008年出版的同名长篇小说，主要讲述了两位中学生杀死了老师四岁的女儿，经过调查老师展开"复仇"）这样的校园犯罪电影，也只有在日本这样的环境中才能产生和畅销。至于真实的校园犯罪，其实也有很多，震惊整个日本的"绫濑水泥杀人案"让人毛骨悚然，后来还被改编成四集的漫画。

回到今日，再去看东野圭吾经历的被不良少年包围的那个"疯狂时代"，再回望校园暴力和未成年犯罪频发的日本社会，一切好像都有"预言"，东野圭吾念念不忘的一个沉默的同班女学生，因为不良少年的性骚扰而被迫转学，但她所遭受的精神创伤却无人知晓，这就为犯罪提供了温床。东野圭吾的《放学后》里，惠美因为自慰被老师看到而感到羞耻试图自杀；《毕业：雪月花杀人游戏》里，华江为了若生毕业后的工作问题给波香的运动饮料里下药，波香为了报复华江与若生而设计杀人——这样的故事在东野圭吾的潜意识里并不陌生。

少年记忆里的怪兽

　　东野圭吾的中小学时期,正是怪兽电影和动漫大行其道的年代。那时候怪兽就是孩子们的偶像。在东野圭吾看来,自己以前算是标准的"怪兽少年",他对哥斯拉非常痴迷。

　　和许多怪兽少年一样,东野圭吾对哥斯拉的热爱源于1954年那部最出名的《哥斯拉》电影,不过电影上映时,东野圭吾还没有出生。童年的东野圭吾在电影院看的第一部"哥斯拉"电影是本多猪四郎导演的《金刚大战哥斯拉》(1962),这部电影将1933年雷电华影片公司出品的《金刚》里的大猩猩"金刚"和热度流行的哥斯拉两大怪兽结合在一起,后来福克斯电影公司出口的《异形大战铁血战士》与之极为相似，该电影将两大形象"异形"和"铁血战士"融合在一起，虽然剧情和原电影并无关系，但由于融合了观众极为熟悉和热爱的电影形象，很容易取得成功，这也是商业片的惯常做法。

这种套路也在"哥斯拉系列"电影中延续了下来，但"投机取巧"的背后往往是粗制滥造。《哥斯拉的逆袭》里哥斯拉和安基拉斯的决斗、《摩斯拉对哥斯拉》里哥斯拉和蛾子怪兽的对决其实都没有太多新意，尤其是后者中哥斯拉败给蛾子怪兽让东野圭吾这样的怪兽迷相当不满。不过"怪兽与怪兽"的公平对决，正是延续了武士、相扑等的对决模式，这种决斗有些类似于西方中世纪的骑士决斗，表现了日本人对决斗荣耀的渴望。

等东野圭吾读小学一年级的时候（1964），怪兽世界上映了著名的《三大怪兽：地球最大的决战》，这部"哥斯拉第五战"中，三大怪兽哥斯拉、拉顿、摩斯拉和外星怪兽之王基多拉展开巅峰对决，确实称得上"地球最大的决战"。在这部电影中，原本蹂躏地球的哥斯拉和拉顿俨然成为人类的保护者和正义的化身，巨无霸的怪兽之王基多拉更是给东野圭吾和他的小伙伴们留下了深刻印象。

小学时期的东野圭吾对怪兽电影的热爱一发而不可收，当时的怪兽电影也确实层出不穷，《宇宙大怪兽德古拉》（1964）、《科学怪人对地底怪兽》（1965）、《怪兽大战争》（1965）等接连上映。与此同时，大映（现角川映画）为了在怪兽热潮中分一杯羹，推出了与"哥斯拉"齐名的"卡美拉"，接连推出了《大怪兽卡美拉》（1965）、《卡美拉对巴鲁刚》（1966）、《卡美拉对卡欧斯》（1967）、《卡美拉对宇宙怪兽拜拉斯》（1968）等作品，这些怪兽电影为了讨好孩子，将卡美拉塑造成"人类之友"尤其是"孩子之友"。当时的东野圭吾和伙伴们看得津津有味，但在现在的他看来，"卡美拉系列"的制作比"哥斯拉系列"低了好几个层次，最后甚至连少年的东野圭吾都失去了兴趣。

到了1967年，大人们就已经不再愿意陪着东野圭吾去看小孩子们热衷的怪兽了。铺天盖地的怪兽电影也确实很快引起了一代人的视觉疲劳。虽然不时有《哥斯拉之子》(1967)、《怪兽总进击》(1968)这样制作精良的好电影出现，但怪兽热潮逐渐减退，怪兽的堆砌和剧情的模式化让孩子们逐渐失去了热情，而《全体怪兽大进击》(1969)的上映则意味着怪兽电影的创新能力在当时进入了瓶颈，正是这部电影让东野圭吾们的"怪兽梦"醒了。

从 1954 年在《哥斯拉》中第一次出现，"哥斯拉"这个庞然大物和它的子子孙孙们，已经上演数十部电影。时至今日，哥斯拉依然闪耀于日本荧屏。2014 年传奇影业与华纳兄弟影业公司合拍的《哥斯拉》取得了巨大成功，让哥斯拉的"母公司"日本东宝株式会社羡慕不已。东宝株式会社在《哥斯拉：最后战役》(2004)上映十二年之后的 2016 年，又携《新哥斯拉》强势归来，后来又和美国网飞（Netflix）公司合作陆续发行了三部动画版哥斯拉题材电影——《哥斯拉：怪兽行星》《哥斯拉：决战机动增殖都市》和《哥斯拉：噬星者》，里面还出现了"哥斯拉"史上最巨大的"十一代目"大家伙，高达300米！时隔半个多世纪，地球和人类还是没有逃脱哥斯拉的残酷踩躏。

怪兽文化在日本非常流行，从电影到动漫都有它们的身影，除了"哥斯拉系列"，最著名的莫过于"奥特曼系列"里的众多怪兽，多达数百上千种。日本作为一个被海洋包围的岛国，又处于板块交界地带，地震等灾害频发，对自然破坏力的恐惧也被日本人延伸到各种未知的怪兽之上。

这种怪兽文化在日本、亚洲乃至全球都有着广泛影响。不同年代的人所熟悉的日本怪兽虽然不同，但都伴有一段童年的美妙记忆。东野圭吾正好赶上了"怪兽系列"爆炸时期，尤其是"哥斯拉系列"和"奥特曼系列"里的怪兽依然活跃在屏幕之上，成为几代人的共同记忆，多年之后还令东野圭吾念念不忘。

在自己的自传作品中，东野圭吾再一次回忆起少年时代的"怪兽情节"。在为文库本《那时我们是傻瓜》寻找解说者大伤脑筋的时候，责编灵光一现，想到了"卡美拉系列"的金子修介导演，也正是她凭借《卡美拉：大怪兽空中决战》（1996）扭转了"卡美拉低哥斯拉一等"的局面，这部电影也让金子修介名声大噪。后来，东野圭吾和金子修介的对谈内容收录在文库版《那时我们是傻瓜》中。东野圭吾还参观了金子导演的《卡美拉：邪神觉醒》的拍摄现场。他还为这部"卡美拉"终结版写了观后感登在电影宣传册上。

差等生打肿脸充胖子

在东野圭吾初三将近毕业时,一次家长会后他的父母终于心如死灰般说:"原来你学习真的不行啊。"当晚东野圭吾的父母就非常认真地商量,与其让孩子在不入流的高中瞎混,还不如去别人店里当学徒,然后回来继承家里的那个卖眼镜和首饰的小商店。

如果真的如此,东野圭吾不仅会中断学业,而且以后走上创作之路就更渺无希望。好在东野圭吾"表演"精彩,他假装决心坚定地说:"不干!不干!我不去当学徒。就算是二流高中,努努力也是可以考进一流大学的,我以后会好好学习的,你们就让我去上吧。"装到"情深处",东野圭吾还哭了起来，父母难以招架，只好答应了东野圭吾，而他其实心里只是在窃喜自己搞定了他们。

1973 年，东野圭吾升入了大阪府立阪南高中。但东野圭吾这种混日子的心态，就决定了他在高中也不可能成为"尖子"。但是和初中时代不同的是，学生不再那么明目张胆地胡闹，至少不再那么肆无忌惮了。然而即使如此，东野圭吾所在的高中也有着"优良的时代传统"——它是日本最先发起学生运动的高中，也平静不到哪里去。对于东野圭吾来说，这次运动最好的"遗产"就是"取消校服"：一来女生可以百般打扮，学校里永远都是"花朵"；二来不穿校服逃课逛街也不容易被发现。

伴随着女生们的穿着自由，处于青春期的男生们，虽然不像初中时那么过分，但进行"可爱女生"评选活动并对长相出众的女生展开追逐，也是常有的事。东野圭吾对这些"校花""班花"，也不免屡屡展开攻势，无奈总是收到好人卡，万分扫兴。当时，东野圭吾的高中每个班级都有更衣室，偷窥女生换衣服也是男生们经常干的事，东野圭吾也没少干，还差点被抓现行。

对于东野圭吾来说，真正的身外之物大约只有一种——学习。从没有认真学习过的他，面对着一摞复习资料完全无从下手，只能看看漫画，最后临时抱佛脚加班加点备考。东野圭吾考上了一所私立大学，奈何除了学费超级贵之外，那所大学再没有什么特别之处，家庭不宽裕的东野圭吾必然是无法去报到了，何况那所学校甚至没入他的法眼。而在辅导老师都看不上眼的大阪府立大学的考试中，东野圭吾毫无悬念地被淘汰了。

于是东野圭吾无奈踏上了复读之路，在那里他遇到了更多高手，在班里只有实力竞争倒数第二名。如此，东野圭吾还经常和倒数第一的那位同学逃课打游戏。就这样"勇敢"的东野圭吾在最后一次模拟考试时，还报考了"庆应大学"（日本的世界级研究型综合大学，有"亚洲第一私立学府"之称），被老师叫到办公室训话，吓得他都没敢去。不过东野圭吾最终还是去参加了庆应大学的考试，用他父母的话说就是："早稻田、庆应的话，就算光是参加考试，听上去也很有面子。"东野圭吾也被感染到，感觉自己瞬间"了不得"。实际上果然也"很有面子"，去横滨应考时东野圭吾到一个朋友家里，受到了隆重接待和夸奖，朋友为他们眼中"了不起"的东野圭吾做了豪华便当。

然而结果是不会骗人的，东野圭吾毫无疑问也"领了便当"，现实以残酷的结果回应了东野圭吾的"晃荡学习"状态和逞强充面子的心态。好在上天还是眷顾了东野圭吾，最后还是让他考中了已经考过一次的大阪府立大学，据东野圭吾说，看到录取名单上自己准考证号时，绝对是他人生十大最幸福的时刻之一。

东野圭吾的高中时代并没有什么值得特别书写的辉煌事迹，报考庆应大学就像在高考填报志愿时，差生在第一志愿写上北大或者清华一样，不同的是差生可能完全就是为了充脸面，而东野圭吾甚至还幻想过"万一考上了怎么办"。好在东野圭吾在一再的失利中心态还调整得挺好，在"打肿脸充胖子"这方面倒是做得极好。

初次试水的学生写作

　　进入高中之前,东野圭吾在读书上有"惨痛"的回忆。为了让孩子读书,东野圭吾的母亲可谓煞费苦心,亲自为他挑选各种书籍。结果东野圭吾迷上的《伽利略传》反倒更坚定了他拒绝读书的决心。少年伽利略发愤学习发现了许多物理定律让东野圭吾相信"科学真伟大"。就像东野圭吾所说,对科学的推崇从此让他开始抵触算术(数学)和理科之外的所有科目,尤其是语文。在他的逻辑里,语文就是读书,而它显然不是科学,所以不读书也无所谓。初中时代,无论是父母挑选的书还是自己一时兴起拿起的书,都被东野圭吾原封不动地放回了书架。

然而上了高中之后不久，情况发生了变化。1973年的一天，东野圭吾的大姐带回一本小峰元的小说《阿基米德借刀杀人》，当时这本书刚刚获得了第十九届江户川乱步奖。就是这部带有社会派色彩、并非超级名家所著的作品，让东野圭吾迷恋上了推理小说。随后东野圭吾又阅读了"社会派"大师松本清张的《高中杀人事件》《点与线》《零的焦点》等作品。

小峰元的《阿基米德借刀杀人》还让东野圭吾第一次知道了江户川乱步，不过他从大姐那里得到的认知是："这是一个将推理小说发扬光大的外国人，加入了日本国籍，本名叫埃德加·爱伦·坡。"对于大姐的这种说法，东野圭吾曾深信不疑，然而江户川乱步在爱伦·坡去世后半个世纪才出生！爱伦·坡的怪异故事享誉世界，当时平井太郎成为他的"超级粉丝"，于是才起了一个与埃德加·爱伦·坡日语发音类似的笔名——江户川乱步。即使爱伦·坡颇负盛名，东野圭吾和他大姐还是把他和江户川乱步搞混，可见姐弟俩的学习确实不太好。

高中时代的东野圭吾一如既往地混着日子，也许因为有大把的时光要挥霍才爱上了引人入胜、扣人心弦的推理小说吧。最后估计是"闲得无聊"（也可以说绝对痴迷），东野圭吾"不知道胆大妄为还是不知天高地厚，竟生出写推理小说的念头"。考虑到东野圭吾沉迷于怪兽电影时曾想过当电影导演，"闲得无聊"或许才是他写推理小说的真实原因。

当然，对于"不爱学习"的东野圭吾来说，创作时间不是问题。从冬到夏历时半年，东野圭吾写出了一部叫《智能机器人的警告》的三百多页的长篇作品。这本以高中生活为背景的本格推理小说，涉及一些复杂的社会现象。第一部作品的完成让东野圭吾非常兴奋，他又迅速创作了名为《狮身人面像的积木》的第二本小说，然而却丧失了创作第一本小说时的那种专注和热情，加上要备战高考，这本小说并没有完成，后来他又落榜复读，这部作品的创作也就被搁置起来。

当时东野圭吾的父母对他搞创作的事情一无所知，直到多年之后东野圭吾获得江户川乱步奖，他们才知道儿子在写小说，看到东野圭吾每天奋笔疾书，他们竟然以为东野圭吾终于觉悟了，知道了要认真学习，感叹道："最近终于知道努力了啊！"懒于说明的东野圭吾随口敷衍："你儿子我也在好好考虑升学问题嘛。"粗心的父母和随意的孩子的配合也是天衣无缝。

虽然东野圭吾曾承认自己的第一本小说非常烂，而第二本小说又是难以卒读的大杂烩，但是对于高中生来说，尤其是对于一个向来讨厌读书的高中生来说，创作两本小说还是非常不容易的，这说明东野圭吾在推理小说还是有某种天分。无论是接触推理小说还是兴致勃勃地搞写作，东野圭吾都有"一时兴起"的成分，然而很多人正是靠"一时兴起"改变了自己的命运。超级讨厌读书的东野圭吾最后走上写作之路，某种程度上也就不值得大惊小怪了。

值得注意的是，对于这两部不成熟的作品，还是高中生的东野圭吾在本格推理架构上并不成功，但无论题材是"少年犯罪""校园凶杀"还是他自己说的"已经关注社会问题"，即使当时的东野圭吾还并不能娴熟驾驭，这还是表现出了他一开始就根植于日本文化和社会的创作倾向，当然这也是后话了。

功夫片结下的缘分

东野圭吾是不折不扣的电影迷,这从他小时候对怪兽系列的痴迷中就可见一斑。他在大阪的老家附近有很多电影院,中学时代的东野圭吾经常从学校跑出去看电影。当时功夫片和黑帮片大为流行,尤其是李小龙的功夫片风靡全球,这些影片也成为东野圭吾追捧的对象。

在东野圭吾上高一时,嘉禾影业和华纳影业联合制作的《龙争虎斗》上映,"李小龙热"从香港和好莱坞也蔓延到了日本。如今看来,李小龙主演的几部电影剧情都不复杂(《龙争虎斗》也是如此),但正是这些剧情简单的电影成就了"功夫片"世界性的名声,使得中华武术在异域文化中扬名立万。

在东野圭吾看来《龙争虎斗》是"只要主角优秀便可拍得好看的作品之典范",制作粗糙、临时演员出戏也确实是那个时代电影的通病。但李小龙用长棍和双节棍大战一批对手的场景,足以引燃观众的情绪,这些精彩的"功夫对手戏"也是他的电影风靡好莱坞和世界的重要原因。

当时很多同学在看过李小龙的电影后对着教室的墙壁大做练习,东野圭吾还在心里嘲笑他们。不过在和同学一起看过《龙争虎斗》后,他也加入了功夫片痴迷者行列,看完电影和其他人一样"昂首挺胸"表现出一副能打的架势,还一起去买当时被叫作"锁链棍"(也就是双节棍)的李小龙招牌武器。东野圭吾和他的同学们对李小龙的痴迷,很自然地延伸到了"习武"的热情上,后来还有学生把双节棍带到学校练习,结果就是把自己打得满头包。

学校的各个角落,都有过"锻炼拳脚"的学生,而且还有不少人竟然真的去空手道社团学习武术,空手道馆也火爆起来。东野圭吾也在天花板上吊一个橡胶球,偷偷在家里练习踢腿。他和朋友也像武侠高手华山论剑一样，不时交流心得。不过有些人再练也是些花把式。一个号称练成了李小龙蝴蝶腿的朋友，和东野圭吾一起在大阪南区买东西时，和一个壮如蛮牛的男人产生了龃龉。在被那个男人和小弟们堵住后，东野圭吾不禁胆战心惊，心想可能就要被暴打一顿，还担心朋友会仗着有"功夫"就不知死活地和对方大打出手，结果身怀"蝴蝶腿"绝技的朋友像小鸡啄米一样点头求饶起来。

可惜李小龙还未等到《龙争虎斗》公映便离奇死亡，而他未完成的遗作《死亡的游戏》在被重新剪辑后，直到1978年才以《死亡游戏》之名公映。由于看不到他的新作，加上出于"追祭"的目的，他生前的著名影片《唐山大兄》《精武门》等再次在日本公映，而且大获成功，东野圭吾和很多人一样毫不犹豫地冲进了电影院，对他们来说电影怎样无所谓，只要能看到李小龙就好。

当李小龙功夫片大红大紫的时候，跟风之作也是蜂拥而至。在功夫片大本营香港，大量劣质功夫电影也是层出不穷，香港电影的仿制之风一直盛行，无论是功夫片、鬼片、喜剧片、警匪片都是如此，"一个月甚至一星期拍摄一部电影"都不足为奇，这也是香港电影盛世中的一大乱象。这些制作不够精细的作品，最终也让东野圭吾失去了兴趣。

当时的日本电影界为了迎合功夫片热潮也拍摄了类似作品，但是乏善可陈，就连千叶真一主演的空手道电影《激斗！杀人拳》，在东野圭吾看来也是不值得一提。无论是香港"粗制滥造"的跟风之作还是日本自己的"仿制功夫片"，在日本票房普遍惨淡。在东野圭吾看来他们这些人与其说是功夫电影迷，不如说是"李小龙迷"，对他们来说"李小龙就是一切，他的动作片才代表真功夫"，李小龙去世后，那些跟风作品无论是质量还是名气，不能得到认可也是情理之中的事情了。

尽管在李小龙的时代，有不少功夫片因为制作粗糙而为人遗忘，但李小龙将功夫片发扬光大之后，功夫片已然成为一种电影品类，一大批功夫巨星在李小龙之后继续将这个品类发扬光大。像元华、元彪、石坚、洪金宝、成龙等日后的功夫电影好手都在李小龙这"第一代功夫巨星"的电影里出演过。在《龙争虎斗》中饰演坏人首领的石坚和作为比赛选手出场的洪金宝，也是东野圭吾熟悉的由"跑龙套"成长起来的著名演员。

继李小龙系列电影之后，东野圭吾将对商业片的目光转移到了好莱坞电影之上，他觉得自己看过的最好电影是《星球大战》。从1977年开始，"星球大战系列"一直在不断延续制作中，最新的《星球大战9：天行者崛起》也于2019年年底上映。1978年正上大二的东野圭吾第一次看到了《星球大战》，他曾说："没有一部电影像《星球大战》一样让我每次看到都很欢乐。"

虽然东野圭吾对同为科幻片的《2001太空漫游》《飞向太空》也赞赏有加，承认这些电影都很棒，但他对这两部影片并未达到对《星球大战》的痴迷程度，很大程度上是因为这些电影深沉理性，充满了思考。

正如他自己所说:"比起艺术性,我更注重娱乐性,这就是东野圭吾式电影选择法。"所以除《星球大战》外,东野圭吾喜欢诸如终结者系列、007系列、《夺宝奇兵》等好莱坞大片也就不足为奇了。而他对电影的选择标准,也让我们理解当年他为何对李小龙系列、哥斯拉系列如此痴迷,这些电影显然有商业片所具有的丰富娱乐性。

虽然东野圭吾的小说有着广阔的人文深度和情怀,但他对电影的选择似乎一直停留在追求视觉冲击的水准上(此处并非诋毁强调视觉的电影,其并非判断电影好坏的最重要标准),对那些如同他小说一样复杂和有深度的电影并不热心,至少没有公开表露过对这类影片的热爱,这大约是他随意和乐观的生活态度所致。

高中和大学时期,东野圭吾都有"电影梦",不过这个梦从"导演"变成"编剧",最后真的成了睡着的梦。东野圭吾童年时,就被"哥斯拉系列"这样的商业影片所吸引,虽然没有实现自己的电影梦,但电影在东野圭吾的生活中还是占据着重要地位，后来他的小说被接连改编成电影、电视剧，他和诸多制片人、导演、编剧打交道，对电影圈有了更深的接触。东野圭吾不止一次提及自己对商业片的热爱。

东野圭吾和电影的缘分一直延续到自己小说的影视改编，从怪兽电影、李小龙功夫片、好莱坞电影的观影体验中，东野圭吾懂得怎样调动读者和观众的兴趣点。他书写人性纠葛、社会问题等读者惯常的"阅读点"，将逻辑严谨、诡计层层的推理小说通俗化，让自己的推理小说牢牢地抓住了读者的心。值得称赞的是，东野圭吾亲自作为编剧改编的日版《解忧杂物店》非常成功，这也算是圆了他的电影梦。

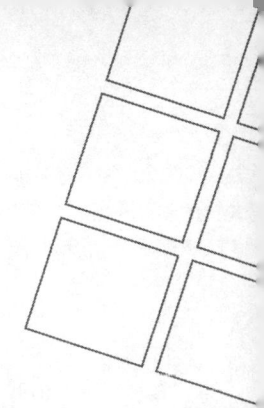

Chapter 3

工科生里
走出的推理作家

俗话说"好汉不论出身"，许多非文学专业科班出身的人反倒成了著名作家，这种现象屡见不鲜（比如中国五四时期的文学大家就是如此）。就日本而言，现当代作家中，夏目漱石、芥川龙之介和川端康成学习的是英文；太宰治学习的是法文；渡边淳一毕业于札幌医科大学，随后当过母校的骨科讲师和十年骨科医生；村上春树大学修的是演剧科（主要是西方戏剧）。这些作家相继成为日本人口中的"国民作家"。

东野圭吾也是"半道出家"，而且相比以上"纯文学"大家，他在"晃荡青春"时代接触的文学更少，然而相同的是，他如今也是日本广受欢迎的"国民作家"，小说还接连被改编成影视剧。东野圭吾是纯粹的"理工男"出身，于大阪府立大学电气工学毕业后在日本电装株式会社担任生产技术工程师，并在"业余"时拾起了高中"仓促上手"的推理小说创作。结果，他这种如同当年渡边淳一一样的360°大转变让日本推理界诞生了一位新的名家，作家人生的因缘际会，令人唏嘘惊叹。

大学里的晃荡青春

1977年"复读生"东野圭吾在历经千辛万苦之后终于考上了大阪府立大学工学部的电气工程专业,选定这个专业的原因很简单:东野圭吾当时认为以后就是"电脑时代",由电脑联想到电子工学,最终萌生了报考电子工学的愿望,然后第二志愿就顺理成章地选择了电气工程专业。

刚入学的东野圭吾非常喜欢社团活动,加入了学校的西式弓箭部,又开始了"混沌"的大学生涯。他把大学宝贵的青春都"挥洒"在射箭场和社团联谊活动上。参加社团活动时,基本就像东野圭吾自己所说的成为"为了恋爱而恋爱的联谊狂人"。

当时的大阪府立大学是"严进宽出"的制度。东野圭吾在高中时就没有展现出"智慧的巅峰"的成色，进入大学就更是"原形毕露"地暴露出了"山寨理科生"的本来面目。搞不懂课程，做不好实验，混混学分，就是东野圭吾的常态。

混到大四的东野圭吾，面临的切实问题就是"找工作"。当时找工作还是"推荐制"，各家企业会给各大学开放的推荐名额，毕业生拿着所在大学的推荐表去参加招聘考试。学校为了更好地为学生进行有针对性的推荐，就需要他们像高考一样填报志愿，为了尊重学生的第一选择，学校的推荐制度没有采用"平行志愿"，所以第一志愿最为关键。然而各企业的推荐名额往往只有一个，竞争还是很激烈。那些连邻居大妈都知道的公司，东野圭吾显然是没有机会的。面对"优秀学生"占据一个又一个好坑的局面，东野圭吾决定不走寻常路，找那些鲜为人知、但实际规模很大还和自己专业对口的大公司。费尽周折之后东野圭吾盯上了极少在电视上做广告的日本电装株式会社（DENSO），然后耗走了另一个不知道自己底细的其他寝室的男生，在截止日当天填上了这家公司。

日本电装株式会社是世界顶级的汽车零部件及系统供应商,只是因为行业问题很少打广告,反倒连这些科班生都不太了解,让费尽心机的东野圭吾钻了冷门的空子。然而给企业邮寄简历的时候,东野圭吾又发愁了,特长一栏他根本不知道填什么,因为他发现自己真的没有什么能拿得出手的才艺或技能。和朋友苦思冥想之后的东野圭吾最后在"特长"里写下"连做一百个俯卧撑",指导教授看到后气得直接命令他擦掉。

好在日本电装株式会社面试比较简单,面试官甚至建议东野圭吾"下次在简历上换一张好看的照片",有这样的建议也就能看出面试是多么随意了。就这样东野圭吾进入了著名的日本电装株式会社公司,晃荡的青春也算告一段落。

在大学期间,入学后的第二年(1978)东野圭吾终于完成了被搁置的《狮身人面像的积木》这部小说,还四处请朋友写读后感，然而这部高中时就已经动笔的小说并没有得到朋友们的追捧。此后，受到挫折的东野圭吾将大量精力投入弓箭部和社团联谊活动上，把成为小说家的梦想抛诸脑后。

运动荷尔蒙的背后

进入大阪府立大学后,虽然没有了中学时代的混乱和学习压力,但大学的自由生活还是让东野圭吾变得好动起来,他准备在社团活动和体育运动上大玩一场,毕竟它们都是很好的交友和消遣方式。在入学社团纳新时,东野圭吾就好好斟酌了一番,决定一定要加入一个"清新脱俗的社团"。东野圭吾之所以如此决定,源于他中学时代在剑道部和田径部的痛苦体验。

初中时倾慕武道的东野圭吾曾经加入了剑道部,但是"地狱式"训练让他苦不堪言。而且剑道部的"前辈们"还以在训练中折磨新人为乐,这让被呼来唤去的东野圭吾吃了很多苦头。虽然上了初二后东野圭吾也成了"前辈"不再被折磨,但身上那汗淋淋的剑道服和防具还是让他难以忍受,尤其夏天梅雨季节衣服难干,穿上更是十分难受。成为高中生后,东野圭吾就决定要在干净卫生的社团混,结果就选择了田径部。然而田径部训练单调乏味,加上跑到口吐白沫和光脚穿跑鞋得了脚癣的惨痛经历,东野圭吾当初对田径部的幻想也荡然无存。

进入大学后东野圭吾就在各体育社团间转悠,各社团对这些新生也曾是"异乎寻常地热情"。划艇部的纳新人员用老虎钳般的臂膀揽着东野圭吾,东野圭吾"只能"答应去他们的活动室吃准备好的免费咖喱饭,后来当拳击部的人来抢时,划艇部的人的"请"就变成了"拖"。活动室里脏乱昏暗、破烂不堪,一锅的咖喱饭都没有掩盖住屋里的臭味。看到这些"绑架"过来的新生支支吾吾、犹豫不决,划艇部的骨干顿时就凶狠起来,显然不打算让他们"白吃"一顿咖喱饭就回去,蛮横地让他们写下所在的专业和姓名,吓得东野圭吾浑身发抖。东野圭吾和一起逃出来的人交流时才知道,划艇部在体育比赛中表现相当抢眼,平时训练一定非常严格,万万不能加入。和划艇部的"胡萝卜加大棒"不同，诸如网球部、滑雪部、登山部等，纷纷拿可以更好找女朋友的幌子来吸引人，当时的大阪府立大学女生少得可怜，对这些荷尔蒙爆棚的男生来说，这个噱头还真让不少人"上了当"。

后来东野圭吾加入西式射箭部也纯属偶然，完全是被他们"免费射箭"的招牌打动了。尽管加入西式弓箭部后松一口气，但东野圭吾后来还是为这个选择而后悔，理想和现实总是有差距的，虽然没了劳累的训练，这也算得上自己眼里的"清新脱俗的社团"，但仍要跟着前辈打杂。最重要的原因还是弓箭部太过冷门，不利于交友和谈对象！东野圭吾的朋友们则青睐于高尔夫球部或是快艇部：学会打高尔夫在工作后可以在招待客户上大展身手；开快艇英姿飒爽很容易吸引女孩子。在东野圭吾看来还是获得女孩子芳心更为重要，于是他觉得当初要"绑架"自己加入的快艇部最好。

或许因为西式弓箭部太过冷清，东野圭吾很快成为弓箭部主力，后来还混成了部长。不过东野圭吾以主力身份参加大学联赛时,他们社团获得了倒数第一;而后在东野圭吾部长的带领下,弓箭部保级失败,从二级社团降级到三级社团。联赛结束后东野圭吾也心灰意冷地选择退出。

在弓箭部的实践,让东野圭吾切实感受到自己缺乏领导力,后来他还将自己的这种体验写进《单恋》中。虽然东野圭吾在弓箭部并没有做出辉煌成绩,但这段经历还是让他有所收获,以射箭运动为背景的《放学后》就获得了江户川乱步奖。《放学后》这部小说最精彩的部分之一就是惠子设计用弓箭杀人。

在日本弓箭是非常受欢迎的运动之一。在武士阶层强大的平安、镰仓时代,骑射与弓术都是武士非常重要的技能,甚至还衍生出"弓箭驱邪"的信仰。到了江户时代,禅宗的理念被融入射箭之中,这一运动上升到了"道"的境界,和"茶道"一样,它也发展了各种弓术流派,比如现在依然比较活跃的小笠原流、日置流。明治维新后,学校教育中加入了弓术内容。到了1919年,"弓术"也正式更名为"弓道"。

也正因为射箭被上升到"道"的地位，它茶道一样成为"精神修养之道"。弓道将"射箭"的基本动作分解成细致的"射法八节"。如此一来，练习的目的就不仅仅在于提高射箭技术，更重要的是通过射术练习，逐步领悟弓道里"一射一生""射如流水"等的精义。

在日本，中学和大学里射箭社和剑道社十分常见，在小说里，清华女中的射箭社成立正好十年，而且在两三年的时间里就成为全校前五名的大社团。清华女中射箭社的弓箭和东野圭吾大学时代的社团一样，采用的都是西式弓箭，西式弓箭不像日本传统弓箭那样讲究，但融合了东西弓箭的特点。

更为重要的是，东野圭吾将自己在西式射箭部的经历写进小说之中，显现出敏锐的感受力和"活学活用"的能力，在创作伊始阶段，描写自己熟悉的领域也是一种捷径，与之类似的《毕业：雪月花杀人游戏》里的剑道社背景设置就反映了这一点。

工程师悄悄做起了作家梦

东野圭吾是标准的"理工男",他从上学时代开始就"晃荡"惯了,对于职业的选择和绝大多数人一样,并没有特别明确的计划,而从日本电装株式会社的工程师转行为职业作家,也有很多偶然因素。虽然上班生涯只有五年,就像东野圭吾所说:"被称为作家的人比天上的星星还要多,但是曾在制造业当过工程师的又有几个呢?"这点还是让东野圭吾很"得意"。

东野圭吾唯一一份正式工作是"工程师",这和他最初草率地选择专业有很大关系。大学第二学年专业课增多以后,作为"山寨理科生"的东野圭吾对电磁学的恐惧甚至如同文科生一样。在工作选择上，东野圭吾和他的同学们就像当初选择专业一样，非常随意地做出了左右自己一生的抉择。有的人在选择公司时扔骰子来决定，有的人认为喝醉酒写下的公司名和自己有"某种缘分"，如此一来他们"去不去一家公司"都没有坚定的理由，也就更谈不上严肃对待自己的未来职业了。

东野圭吾在选择公司时，同样也很随意。那时的东野圭吾还喜欢和父母对着干，甚至刻意和他们意见相左。找工作时东野圭吾母亲明确希望他留在老家大阪，于是他就决定只要不在大阪去哪里都行。他考虑过东京、京都或横滨的公司，最终因为"实力所限"进入了总部位于爱知县的日本电装株式会社。这个选择深深伤了母亲的心，母亲哭着对他埋怨道："你就是不想照顾我们吧。"

开始工作也就意味着进入社会，但底子差又晃荡惯了的东野圭吾并不太容易创造出光辉业绩来。东野圭吾最初的生产线工作实在辛苦（油类引发的皮炎让东野圭吾很痛苦），即使简单的测量作业也要每天像机器似的重复不停。生产线工作结束后,东野圭吾进入了公司的生产技术部。身在研究部门,东野圭吾基本上每天都会犯点儿错误,不仅如此,他还长期没有任何研究成果,这让他非常憋屈,他开始觉得自己并不是干这个的料,甚至开始考虑转行。东野圭吾写研究报告时,公司的前辈甚至取笑他说:"别假装努力工作了!"

东野圭吾对这份整天围着实验和报告转的"千篇一律"的工作并不满意,在公司待了两年左右后,东野圭吾终于有些熬不住了,破天荒给父亲打电话报告决定辞职。面对东野圭吾信誓旦旦的决定和歇斯底里的抱怨,一向沉默的父亲云淡风轻地应答着,安慰他从头开始没什么大不了的。父亲那种云淡风轻的态度让东野圭吾很怀念,那声"哦"让他觉得世间的事没有什么了不得的。

陷入职业困境的东野圭吾甚至想通过函授教育考取教师资格证去当个老师,直到这时我们也丝毫看不出东野圭吾走上职业创作道路的迹象,反倒更像朝着"泯然众人矣"的工薪阶层迈进。实际上，东野圭吾在向父亲发泄一通寻求安慰后并没有真正辞职，他"骑驴找马"边工作边创作，又过了三年因为要全职写作才离开。

东野圭吾时刻想着在千篇一律的上班生活里加点刺激，相比其他方式，写作无疑是投入较少又比较方便的途径，只要有笔纸和时间即可，东野圭吾觉得虽然收入稳定但是薪水还是太少了，所以赚点稿费补贴生活费用也不错。用他的话说反正就是"写小说不花钱，而且可以边工作边创作。如果能得奖的话，说不定会有大笔稿费进账"。东野圭吾甚至开始幻想大红之后可以回到大阪买房子走上人生巅峰。

于是东野圭吾利用下班之后的时间悄悄开始创作小说，还将自己的小说寄去参加江户川乱步奖的评选，也算重拾了学生时代一再中断的作家梦。

等到获得乱步奖后，东野圭吾就迅速辞去了工作。现在看来，"上班五年"倒更像东野圭吾人生中的小插曲，不过这段插曲还是给他留下了宝贵财富。东野圭吾的这段经历对自己的小说创作产生了较大影响，他创作的很多故事都与科学技术相关，比如"伽利略系列"里著名的汤川学，就是帝都大学物理系副教授，这位"物理神探"侦破案件时，就运用了不少理科知识，这在某种程度上也成为东野圭吾区别于其他推理小说家的特色之一。

业余选手斩获乱步奖

如果没有参评江户川乱步奖及在 1985 年获奖，东野圭吾很可能陷入"流浪工作"的状态，成为为生计不停奔波的工薪阶层中的一员。在日本这个工作压力巨大的社会（回想一下东京地铁里拥挤的上班族），一直对什么都抱着无所谓态度的东野圭吾很可能会过得并不如意。然而 1985 年"高中"乱步奖，彻底改变了他的这种命运预设，只是如此重大的改变也是在极为偶然的情况下发生的。

1982 年的一天，东野圭吾在书店翻起长井彬的《原子炉杀人事件》（该书于 1981 年获得第二十七届乱步奖），无意间看到书后刊登的乱步奖评选细则及投稿事项（该奖只接受未发表的作品，所以需要投稿），虽然东野圭吾在高中时就读过获奖作品《阿基米德借刀杀人》，但却对投稿事宜一无所知。

知道了投稿方式的东野圭吾很兴奋，说干就干。他在还没有成熟的书稿计划时就迅猛地投入了写作中，完全是天马行空写到哪里算哪里。东野圭吾在没有安排好凶手和"杀人诡计"时就已经把人"写死了"，所以只能靠意外事件来推动故事发展。到最后东野圭吾的目标已经完全转为写满乱步奖规定的最低标准——三百五十页稿纸，至于能不能获奖就只能听天由命了。那一届的投稿截止日期是1983年1月底，然而在除夕夜东野圭吾还在苦苦构思小说，最后好歹拼凑了一个结局交了上去。

这样一部仓促写完的作品，东野圭吾自己都发现有好几处情节上的矛盾，而且由于是直接写在稿纸上的也无法修改，直到投稿的那一刻他才将书名定为《人偶之家》。

东野圭吾对这部作品没有抱任何希望，于是他又迅速着手创作第二部小说。甚至下决心写五年，如果投稿五次还不成功就放弃。但是评选结果却大大出乎他的预料，《人偶之家》竟然杀入了乱步奖的第二轮评选，只差一步就进入最终候选名单。这给了东野圭吾极大的信心，他甚至想："什么嘛，乱步奖也不过如此。"

有了经验的东野圭吾在创作第二部投稿作品时用心了不少，精心准备后他在1984年1月底投了《魔球》，这部作品比《人偶之家》更进一步，进入了第三十届乱步奖的最终决选。虽然东野圭吾对这部作品很有自信，但也没狂妄到觉得能获奖的地步，于是他接着又开始了第三部小说的创作。

1985年东野圭吾第三次参评乱步奖，这次的作品就是《放学后》。这次东野圭吾的希望终于没有落空，那一年的7月，东野圭吾凭借着这部作品荣获"第三十一届江户川乱步奖"。那一届的乱步奖有两部作品同时获奖———同获奖的还有森雅裕（获奖作品《莫扎特不唱摇篮曲》）。获奖后的东野圭吾就被《朝日新闻》的记者上门采访,然而到来的记者准备极不充分,身着睡衣的东野圭吾就这样登上了《朝日新闻》"人物"专栏。

乱步奖的获奖作品都是由讲谈社来出版,以鼓励新人创作。当年 9 月,东野圭吾的《放学后》在书店上架了。10 月东野圭吾在爱知县一家书店举行了他有生以来首场签售会。不过等候排队的多是公司的同事、妻子家的亲戚(东野圭吾在 1983 年结婚了),一些好心的同事担心队伍太短还排了两次。

结果东野圭吾忘了这场签售会是靠熟人捧场才勉强撑起来的,他欣然答应书店老板在另一个地方再举办一次。第二天的签售因为没有了捧场的人,变得惨不忍睹,正准备草草收摊时,一个小学生走过来问:"你是在签名吗?"得到肯定回答后小学生摸出一张小广告片翻过来让东野圭吾签。这件事让东野圭吾很受打击,他下定决心不管自己以后的书多么畅销,再也不办签售会了。

抛开"七拼八凑"的《人偶之家》,《魔球》和《放学后》都是以高中生活为题材,当然这和初出茅庐的东野圭吾的经历有关。《放学后》被当时的一些评委批评"犯罪动机薄弱",并不太符合当时本格推理所强调的要有"能理解的杀人动机",或许这也埋下了东野圭吾推理小说"反本格"而重社会的因子。不过,获得江户川乱步奖还是让东野圭吾变得"小有名气",也真正打开了他的创作之路,甚至完全改变了他的人生轨迹。

Chapter 4

推理小说
大师的进阶

获得江户川乱步奖燃起了东野圭吾推理小说创作的信心，也促使他彻底走上了职业作家之路。然而，东野圭吾的职业作家之路，并没有他预期的那么风调雨顺（乐观的东野圭吾或许根本没有预期）。自《放学后》一炮走红后，出人意料的是东野圭吾下一部风靡的作品竟然过了十年才问世。这十年里，东野圭吾虽然作品颇丰，但无一作品引起轰动，他不禁有些焦躁，对纯正的本格推理的质疑和"反叛"也与日俱增。在当时，日本的本格推理小说经过近百年的发展，在模式上也很难有新的突破。

伴随着《名侦探的准则》这部"反讥"神探推理模式的作品问世，东野圭吾又在长期被"冷落"后重新获得读者的喜爱，这也让他向着自己的推理风格迈进了一大步。在《秘密》《嫌疑人X的献身》等知名作品中，东墅更是在"犯罪诡计"之外传达了那种感人肺腑的甚至极端的情感力量。这条属于东野圭吾自己的推理小说之路，让他在"跑马圈地"的同时，也拓展了推理小说的表现的领域。正是这条创作之路让东野圭吾历经十年低谷之后，依然保持着旺盛的生命力，他接连创作出《解忧杂货店》《祈祷落幕时》等佳作，表现出巨大的爆发力。

十年低谷，板凳坐穿

斩获乱步奖和《放学后》的畅销（大约卖出了 10 万册）让东野圭吾信心大增，他决定继续创作，决定朝着职业作家发展。《放学后》的出版，也让东野圭吾一下子成为公司的"红人"，走到哪里都会被认出来。虽然东野圭吾嘱托讲谈社不要公开自己所在的公司和住所等个人信息，但这也不太现实。如此一来，东野圭吾打算"一边上班一边秘密写作"挣外快的算盘也就落空了。何况东野圭吾在公司里也不能算是一位"出色的员工"。如此一来，和公司"和平分手"就是最好的选择。

在获奖不久之后的 1986 年 3 月，尽管日本电装株式会社百般挽留，下定决心的东野圭吾还是辞职搬到了东京，专门从事创作。

在东京人眼中，出身大阪的东野圭吾不过是个"关西乡下人"，想在东京出人头地并不是容易的事，就像"长安米贵，居之不易"一样，东野圭吾在东京最初十余年的创作也确实比较沉寂。

20世纪80年代后期，正值日本"泡沫经济"高峰期，那时日本的房地产业极端膨胀，在东京的生存压力可想而知。不过刚到东京，东野圭吾就成为讲谈社的座上宾。虽然有所预感，但沉迷于《放学后》成功的东野圭吾也没心思细想生活问题。讲谈社的同仁认为东野圭吾"轻率辞掉工作来到东京实在太鲁莽了"，这一预言在"疯狂的东京"很快就一语成谶了。更悲惨的是，血气方刚的东野圭吾认为自己凭借《放学后》能够一直走红，结果再创作出与之匹敌的畅销作品，竟然等到了十年之后。

一时冲动，十年赤贫。

在向乱步奖评委会投稿的时候，东野圭吾并没有十足的信心觉得自己的《放学后》能获奖，所以很快就投入了下一部作品《毕业：雪月花杀人游戏》的创作。这部作品设计杀人局时用了茶道"雪月花"游戏。杀人局的纸牌谜题其实并不复杂，但手段和逻辑都有些不太自然，比如波香为了报复华江与若生，大费周章地找藤堂在老师家里设局的设计很难让人信服，而且这样的成功率只有50%，这部小说从一开始就没有采用完整的"本格"模式。但是这部作品对学生毕业前夕那种面对未来生活（工作、爱情、友情）时的纠葛、无奈与抉择，刻画得非常真实。年轻人的戾气和无知，单纯而又不顾一切的心性，被东野圭吾的作品表现得淋漓尽致。

在这部作品里，东野圭吾笔下的名侦探——加贺恭一郎第一次登场。虽然当时还是学生的加贺并没有显露出高超的推理能力，但他成为躁动年纪中那种"不知最熟悉的人的真面目"的见证者。对人心的刻画超越了故事的风格成为这部作品的最大特点，这一特点在东野圭吾以后的作品中一再延续，成为他推理小说的区别性标志。

在此之后几年，东野圭吾还相继出版了《白马山庄杀人事件》《大学城杀人事件》《魔球》《以眨眼干杯》等作品，其中竟然还是曾经参投1984年江户川乱步奖的《魔球》最受欢迎。到了1990年，东野圭吾甚至还赌气般一下子出版了《十字公馆的小丑》《沉睡的森林》《鸟人计划》《空中杀人现场》《布鲁特斯的心脏》五本书，这样的"量产"作品没有一本大卖大约也在情理之中。

到了1992年，更大的灾难降临——日本泡沫经济崩溃，原来出版社"养着"众多作家（很大目的是用概率博取畅销）的模式再也维持不下去，很多出版社都陷入困境。东野圭吾这几年一直没有畅销作品出现，新作《美丽的凶器》又被批评得体无完肤。好在经受打击的东野圭吾意识到了作品质量的重要性，下决心"自己不满意的书绝不出版"。

但是这种决心并没维持多久,继 1993 年《同级生》市场反响尚可后,东野圭吾在 1994 年推出的三本书《怪人们》《从前我死去的家》《操纵彩虹的少年》都没有足够的特色,近乎沦落到"无人问津"的地步。到了 1995 年,东野圭吾又一次自暴自弃般一口气出版了五本书:《名侦探的守则》《谁杀了她》《毒笑小说》《名侦探的诅咒》《恶意》。《谁杀了她》让读者有些摸不着头脑,编辑们甚至还打算制作一个解答手册来应对读者的各种疑问。不过《名侦探的守则》这部"反本格"的作品竟然成为畅销书,大大出乎东野圭吾的意料,该作还入围了吉川英治文学新人奖,可是随后又在评委们的批评声中落选。

正在稍微有一点起色的时候,东野圭吾却又面临婚姻的变故。1997 年休息了一年没出新作品的东野圭吾,婚姻最终破裂,恢复了单身生活。对于自己的婚姻经历,一向乐观的东野圭吾也一直讳莫如深,十四年婚姻里的酸甜并不为人广知。

屋漏偏逢连夜雨，出道十年之久的东野圭吾竟然跌落到了人生的低谷。

虽然在这十年多的时间里，东野圭吾的作品不可谓不丰富，但并无可以担纲的知名作品，而且下功夫最大、涉及核电事故的《天空之蜂》（取材花费了三年，四处访问，整理了大量非公开资料，写作又用了一年）和自己最满意的《恶意》，当时并没有获得读者的认可。婚姻破裂，出道十年后还要跟新秀作家争夺"新人奖"时的无奈苦涩，也尽在不言中。

东京饭桌的那些事儿

走上职业作家之路的东野圭吾搬到了东京后,讲谈社的领导在一家当地很有名的料理店请他吃鱼翅,有生以来第一次吃到鱼翅的东野圭吾,直到走出餐馆还以为吃的是香菇!不过东京毕竟是超级大城市,而且随着版税收入的增加以及和各出版方、影视方交往增多,东野圭吾有更多机会来品尝各种美食了。毕竟身处东亚文化圈,日本也是一个讲究饭桌文化的国度。

可惜最初吃饭很多都是"消愁"性质的,因为在东野圭吾搬到东京从事专职写作的前十多年,接连落选各种奖项,新书几乎没有畅销之作。从1988年的日本推理家协会奖,到 1997 年的吉川英治新人奖,"提名"一直伴随着东野圭吾。当时东野圭吾和出版社、杂志社的编辑们在饭桌上等候宣布"落榜"消息,然后大吃一顿已经成为常态。到 1997 年,东野圭吾的创作生涯跌到了低谷,没有一部作品出版而且还遭遇了婚姻的破裂。到了下一年东野圭吾出版了人生中最重要作品之一的《秘密》,正是这部作品让东野圭吾在评奖"十连败"后,打开了人生的新局面。

1999 年 1 月 14 日的直木奖评选结果揭晓时,东野圭吾有幸受大阪府立大学学长、NTT 视讯的加田五千雄社长邀请去了一家非常有名的鳗鱼店,不过一顿美食背后是东野圭吾的忐忑。后来,《文艺春秋》和连载杂志的责编等人和东野圭吾在赤坂的小饭馆"边吃边等待结果",结果不出意料"自出道以来,我是文学奖九连败",东野圭吾再次和直木奖擦肩而过。而在此之后的 3 月 5 日,东野圭吾和讲谈社的编辑等人在四谷的一家小饭馆等待吉川英治文学新人奖结果,然而《名侦探的守则》还是落选了,东野圭吾遭遇了评奖"十连败"!听闻落选消息后,大家又转战吃喝,"一饭解千愁"。

也许上天不愿再捉弄东野圭吾了，同年 5 月 21 日，在讲谈社、杂志社等一众熟悉编辑的陪同下，在皇家花园饭店的咖啡厅东野圭吾终于等来了《秘密》获得日本推理作家协会奖的消息。从 1985 年《放学后》获得江户川乱步奖到此次获奖，东野圭吾足足等了十四年！

东野圭吾对吃颇有讲究。他还写过如何泡一碗速食炒面的文章，这篇文章发表在《小说 SUBARU》（1997 年 6 月号）上。在和出版方编辑等同人的酒桌上，东野圭吾和朋友们也会经常把食物当作谈资。每当这时理科生出身的东野圭吾就能通过自己的知识"炫一炫"。

有一次东野圭吾和出版社编辑吃饭，聊起如何在夏天快速冰冻啤酒的问题，东野圭吾凭借自己的理科知识说："可以把罐装啤酒直接埋入冷冻柜的冰中，转动几十秒，酒很快就会冰透。如果需要更快冰透，可以在冰里加些盐。"另一个人回忆起小时候做冰棍时也是在冰里加盐。东野圭吾讲解了"加盐速冻啤酒"的原理（冰融化加盐后变为冰盐水，但是盐水的凝固点比纯水低，所以冰盐水可以在零摄氏度以下保持液态，显然比在零摄氏度的冰水里更容易冰冻啤酒），大家听得津津有味。时间一长，东野圭吾在饭桌上给大家讲解各种"知识"也成为相当受欢迎的内容。

说到吃，想必很多人都有吃自助餐那种"扶着墙进去，扶着墙出来"的体验。东野圭吾也有过这样"撑死也要吃"的经历，他还将此写成文章发表在《小说SUBARU》上（2000年1月号）。在一家个人套餐有三十道菜的"梅林"餐馆，东野圭吾和集英社的编辑、日本推理作家协会奖获得者福井晴敏（著有《亡国之盾》等作品）、江户川乱步奖获得者新野刚志（获奖作品《八月的马科斯》）等人前后去过好几次。去的理由大致都是想要挑战一下吃完三十道菜。三十道不断上的菜，一伙人吃出了节奏艺术、计谋策略，好不容易解决得差不多了，结果在最后出其不意的巨型饭团面前彻底败下阵来。

转变！推理小说里的"东野圭吾式"

自《放学后》获得江户川乱步奖后的十多年中，一再和各种奖项擦肩而过的东野圭吾，不仅"化悲痛为食欲"，更是通过一部部作品"化期待为尝试"。其中最重要的尝试就是东野圭吾对"纯本格推理"的改造。《名侦探的守则》当时被吉川英治文学奖的评委们所诟病，但却受到了读者的好评。

这部作品的出现有很重要的意义——本格推理的模式被写作殆尽，难有新的突破；纯粹精巧的犯罪设计有流于形式的倾向。推理小说的核心在于解谜，而诸如密室之谜、死亡密码、意外凶手、暴风雪山庄、消失的凶器等解谜模式已经被众多推理小说家探索殆尽，推理世界中作者很难再以"高高在上"的谜团创造者身份去吸引和征服读者,读者自我解谜的欲望和能力都在提升,对那些模式化的本格推理的质疑之声也越来越多。

在《名侦探的守则》这部对推理进行条分缕析式解剖的作品中,东野圭吾就认为通行的推理小说中读者自己并不是在进行推理,而是在实践作家的预设;而他又认为能让读者在阅读中自行推理的小说才叫推理小说,所以这种留有悬念"猜猜谁是凶手"的小说也是东野圭吾对自己创作理念的一种实践。不过出于读者的阅读习惯,这样的模式似乎也较难延续下去,"看不懂"和没有确切答案确实会降低读者的满足感,这种类型的推理小说数量不多也在情理之中。

对于早已熟悉各种推理方式的读者来说,《名侦探的守则》以及《名侦探的诅咒》给他们提供了一个看透作者精巧设计和侦探们剥丝抽茧的机会,读者们可以"嘲弄"他们"不就这回事嘛"。这两部讥刺程式化本格推理作品,也印证着东野圭吾所说:"渐渐无法写出本格推理作品也是事实。"

这种新颖的转变最终获得了巨大成功，东野圭吾从"新人"成长为"推理大师"。1998年出版的《侦探伽利略》和《秘密》这两部引起极大好评的作品，彻底扭转了他的颓势。从《侦探伽利略》开始，东野圭吾推出了"伽利略系列"（也被称为"汤川学系列"）小说，创造了他笔下最意气风发的侦探之一——汤川学。此系列中的《侦探伽利略》《嫌疑人X的献身》《圣女的救济》等都是非常知名的作品，尤其是《嫌疑人X的献身》更是东野圭吾的代表作之一。汤川学作为帝都大学物理学副教授，凭借自己在"物理学上的天才头脑"，形成了别具特色的"理工男"的科技系犯罪推理模式。

东野圭吾一直想将自己的理科知识写进小说，这个想法在《侦探伽利略》中实现并延续下来，并在《嫌疑人X的献身》中达到非常精妙的程度。这种充满物理、化学、机械等"硬核"元素的犯罪比传统的本格推理中"玄之又玄"的诡计犯罪在现实中更有说服力。这些内容也因为拓展了读者的知识面而让他们充满了新奇感，就像同时期丹·布朗的《数字城堡》（1998）、《达·芬奇密码》（2003）一样，宗教、符号、历史、高科技等新奇元素的融合饱受读者的喜爱。

除了"伽利略系列"小说之外,《秘密》这部本格推理更加淡化的作品的问世,对东野圭吾来说意义更为重大:作品对社会和人性的反映更加深刻,对人的情感抉择表现得更加细致入微。

《秘密》是东野圭吾最著名的作品之一,书中那种恋人、亲人之间感人肺腑的真情与不舍,为爱痴迷和自我救赎的行动,跨越了虚构(母亲的灵魂转移到女儿身上,形成双重身份)和现实(小说里生活的延续)的界限,交织出一幅幅刻骨铭心的画面。大约是婚姻的变故,东野圭吾在这部作品中投入了太多情绪,奠定了这部小说既悲伤而又向善,渴望各种身份能实现"救赎与和解"的基调。

虽然小说以情感取胜,但《秘密》里的那种奇异的想象——不同灵魂和身体的结合,更具有一种日本式东方文学的"纯美",或者说是日本式的超越伦理的"病态美"。这种独特氛围在"伽利略系列"小说中的《预知梦》(2000年出版)中再一次出现。

其实在西方也有比较著名的预知梦传说。1865年4月的一天,美国总统林肯被暗杀之前,曾梦见自己的灵柩被安置在白宫东厅中,周围吊唁的人在不停地哭泣,4月15日这位美国历史上伟大的总统就遇刺身亡。美国著名作家马克·吐温和他弟弟亨利曾一起在宾夕法尼亚号船上工作。1858年5月的一个晚上,马克·吐温做了一个梦:"我看到了弟弟的遗体被放置在一个铅制的灵柩中,不知道为什么还穿着我的西服。胸口上放着白色蔷薇花束,花束的正中有一朵红色的玫瑰。灵柩则安放在两把椅子之上。"梦后两周,宾夕法尼亚号轮船发生了燃油爆炸事故,亨利因重伤不治身亡,而安葬的方式和梦里一样:穿着马克·吐温的西装,一位老妇人将一束正中间配上了一朵大红玫瑰的白色蔷薇放在亨利遗体胸口,亨利遗体转放到圣路易斯的义兄家时,棺材放在了两把椅子上。

预知梦是一个跨越心理学和生理学的问题，其至还有科学家试图从量子力学的角度去解答，但无论如何阐释，都很难让人信服。预知梦从字面上就很好理解，就是人可能准确地梦到未来吗？如果我们接受预知梦里的现象在未来是可能发生的，我们会去干涉或者预防抑或加速它的到来吗？在预知梦实现的那一刻，之前所做的一切是不是又归为一种徒劳？

东野圭吾《预知梦》这部小说集中，就将这种"预知"和"现实"进行了东方式神秘主义的展现（对比一下林肯和马克·吐温那种直接的梦境实现）。在"梦想"和"显灵""扰灵"故事中，东方的鬼神灵魂概念得到了充分展现。即使是"汤川学"坐镇也不再强调物理科学的本格破案，而是关注人游走不定的心智和背后的社会阴影。这部作品更近乎"纯文学"，之后出版的《秘密》和《白夜行》将注重表现复杂人性的风格延续了下来，这也意味着东野圭吾主要的推理小说已形成了自己独特的风格。

跨过千禧年的岁月

久旱终是逢甘霖,在十多年的探索沉浮之中,东野圭吾终于形成了自己的创作风格。对于一个作家来说,没有什么比形成自己的创作风格更重要的了,因为稳定成型的创作风格可以让作家长久的维系创作生活。在千禧年来临之际,伴随着星相学上"双鱼时代"的终结和"宝瓶时代"的来临,意气风发的东野圭吾也真正迎来了属于自己的推理小说时代。从1999年到2001年,千禧年前后东野圭吾放缓了出版进度,在2000年更是仅出版了《预知梦》这部小说集。此时的东野圭吾更像是在享受拥有自己创作风格后的平稳创作状态。

在1999年，东野圭吾推出了"加贺恭一郎系列"中《谁杀了她》的"姊妹篇"《我杀了他》。加贺恭一郎在《我杀了他》中也同样登场，相比《谁杀了她》，这部作品中的嫌疑人增加到了三名，不过相同的是两部作品都没有明确说明谁是凶手，这和《毕业：雪月花杀人游戏》那种条分缕析的推理有所不同。这两本书尤其是嫌疑人更多的《我杀了他》在网上引起了的广泛讨论，这让东野圭吾颇为受用。

加贺恭一郎首次登场是在《毕业：雪月花杀人游戏》中，此后在《沉睡的森林》《谁杀了她》《我杀了他》《只差一个谎言》《红手指》《新参者》等作品中也都有出现，形成了和"伽利略系列"并称的推理小说系列；加贺恭一郎也成为和汤川学齐名的侦探。不同于汤川学那种"高智商"天才型的侦探，加贺恭一郎是文学院出身，虽然对工科、理科也有所涉猎，但在处理高智商犯罪时远不如汤川学那样得心应手；不过在警察父亲的熏陶下，他具有极为敏锐的洞察力和极佳的领导才能，破解"雪月花游戏"这样的"文艺的杀人方式"也更有优势，这种差别从二者出场的描写中就可见一斑了。

1999年东野圭吾最重要的作品无疑是《白夜行》，这部作品虽然只在次年提名直木奖，但后来为东野圭吾赢得了很高声誉。这部小说以日本20世纪90年代"泡沫经济"崩溃为背景，将人性的扭曲和黑暗写到了极致：家庭窘迫的母亲强迫女儿出卖肉体，目睹父亲侵害少女的少年弑父，为了不让罪行被发现疯狂杀死周围的亲人、朋友等，小说刻画了一幅"人性至暗时刻"的画面。桐原亮司为了不让警察追查到雪穗，将对她的保护延续到了生命的最后——手持剪刀冷静自尽。对着桐原亮司的尸体，雪穗一次也没有回头，似"血里流的都是冰碴子"的阴冷和哀情，又似包裹了厚厚的壳来面对当时少义寡恩的社会，矛盾像是"行走在白夜"一样毫无出路。

就像前文（第一章）所述，日本社会在东方也是比较独特的存在。在漫长的历史中，大中华文化圈里，普遍是国家管理（主体是居于统治地位的皇权和官僚）和社会自治（主体是乡绅、家族）的"二元结构"，社会具有很大的弹性，对苦难有比较大的消解功能，也更能在日常生活中保持平和稳定的状态。另外，代表性的儒释道文化都强调感化而不是"惩罚"和"复仇"。但是日本社会里,这种弹性并不明显,无论是国家生态、社会生活还是家庭个人,都容易在尖锐的矛盾冲突中走向极端。

"泡沫经济"虚假繁荣时,日本社会进入整体性的疯狂状态。当 1989 年日本三菱公司高价收购美国经济象征之一的纽约曼哈顿洛克菲勒中心时,日本全民膨胀,"卖掉东京,就可以买下全美国"至今还为人说道。"泡沫经济"破灭时,日本社会也随之陷入另一种疯狂。经济崩溃带来的重重社会压力,让各种本来就存在的不安因子集中爆发——企业大批倒闭、失业率激增、家庭债务繁重……为了生存,金钱成为超越亲情、友情的存在,犯罪率攀升。而这些犯罪就像《白夜行》所描写的那样。能够以一本"推理小说"再现日本 20 世纪 90 年代的社会面貌,东野圭吾确实做得非常好。该书推出当年,就位列"文艺春秋推理小说榜"第一名。

千禧年的美好前夜是属于东野圭吾的。在《白夜行》问世的同时,已经获得极大好评的《秘密》也获得了第五十二届"日本推理家协会奖",就此东野圭吾和推理家协会有了更密切的联系。《单恋》正在连载的时候,时任日本推理作家协会理事长的北方谦三先生要求东野圭吾出任协会奖的评委。刚得奖就被邀请去当评委让东野圭吾非常吃惊,他觉得自己资格不够就极力推辞,没想到北方君竟然赌气一样说道:"你不答应我决不罢休,要是你无论如何都不答应,我就跟你绝交。"东野圭吾也忍不住调侃道:"不用当协会理事我就干。"出乎意料的是,没过多久东野圭吾还是被选为了日本推理家协会的理事。而当东野圭吾抗议时,理事长先生"狡辩"说只是答应自己不推荐东野圭吾当理事,但是既然是选举出来的那就不能怪他了,就这样把东野圭吾打发了。

2001年东野圭吾决定在出版《单恋》时举行签售会。十六年前的《放学后》签售会的"惨痛记忆"曾让东野圭吾心灰意冷,甚至发誓再也不举办签售会了。时过境迁,出版过《名侦探的守则》《秘密》《白夜行》几部畅销作品的东野圭吾已然今非昔比,再出现《放学后》时那种惨淡情况的可能性已经很小,也许是为了享受新的成功和21世纪的新气象,东野圭吾最终还是重开签售会并大获成功,签名签到手腕酸疼无力,在一旁帮忙盖印章的责编手上甚至还磨出了水疱,场面火爆的程度可见一斑。

在千禧年时节,在社会化推理道路上越走越远的东野圭吾,凭借着《秘密》《白夜行》等几部经典之作,最终成功地在日本推理小说界赢得了自己的地位,"东野圭吾式推理"也成为日本推理界不容忽视的模式。

在千禧年,悉尼奥运会这场赢得世界关注的盛会同样也受到了东野圭吾的极力关注。他和奥运会的缘分由来已久。早在1972年2月,日本札幌就举办了冬奥会,当时正在上初中二年级的东野圭吾就非常激动地观看了日之丸飞行队的高台滑雪比赛。在东野圭吾的记忆里,他几乎从未在看电影或小说时感动到流泪,然而在看《冰上轻驰》这部有关奥运的电影时,竟然差点泪流满面,这正是奥运精神的魅力之所在。奥运会作为世界性的体育盛宴,就和四年一届的世界杯一样,即使不太热爱运动的人对此也会颇为关注。各国选手在赛场上竞技，不仅在较量力量与技能，也是在通过奋斗实现理想，通过公平竞技来增进交流、促进友谊，表现了很多人对生活和未来的向往和期盼，这也是奥运精神的迷人之处。

《冰上轻驰》以牙买加队参加1988的卡尔加里冬奥会的真实经历为背景，讲述了四名因故无法参加夏季奥运会的牙买加短跑选手，为了延续"奥运梦"转而备战冬奥会雪橇比赛的故事。这些缺乏教练指导和资金支持的运动员不屈不挠，最终表现优异，展现了牙买加运动员的拼搏精神。他们最后在意外降临时勇敢面对困境的"好莱坞英雄式"表现，让东野圭吾热血沸腾，深受感动。

在2000年的悉尼奥运会女子百米赛中，东野圭吾的"偶像"、牙买加选手玛莲·奥蒂以40岁的高龄登场。东野圭吾非常支持玛莲·奥蒂，虽然实力超群的她成为奥运金牌的"悲剧女主角"，但东野圭吾从她的奔跑中感受到"超越了幸与不幸的东西"，正是这种东西让他体会到"与命运抗争"的悲剧魅力。

东野圭吾本来已经觉得不可能在悉尼奥运会上看到她的身影，因为这已经是奥蒂第七次参加奥运会。现代奥运会历史上，仅有两位运动员参加过七届奥运会，一位是奥蒂，另一位是为了救患白血病的女儿，以45岁的高龄第七次参加奥运体操比赛的丘索维金娜。奥蒂自1980年莫斯科奥运会以来，获得了三块银牌、五块铜牌，却无一金牌。在悉尼奥运会的奥运告别战中，又以百米短跑第四名的成绩与奖牌擦肩而过。

在东野圭吾看来，能在奥运会与世锦赛上拿到二十二块奖牌，玛莲·奥蒂本身的实力是毋庸置疑的。虽然马莲·奥蒂无缘奥运会金牌，但在世锦赛和世界室内锦标赛上，她分别斩获过三枚金牌，这也算是对她"奥运无金"命运的一种补偿吧。

东野圭吾的"滑雪世界"

进入千禧年之后,东野圭吾凭借着《秘密》《白夜行》等畅销作品终于"咸鱼翻身",如此一来也有时间和财力好好放松一番,而他的放松方式就是滑雪。2002年赋闲时的东野圭吾在一次偶然的机会中有幸体验了一把滑雪,从此便一发不可收拾。

不过当时适宜滑雪的冬季即将结束,不少滑雪场没了雪。已经年过四十的东野圭吾只好到处找还有雪的滑雪场,毕竟"再滑几年都很难说",所以能争一时是一时。当时位于千叶的SSAWS(著名滑雪场,1993年开放时是世界上最大的滑雪场,然而由于游客数量下滑,这座耗资4亿美金的滑雪场最终被拆除）还在营业，东野圭吾每周都会去一次。东野圭吾还有幸与四度参加冬奥会的滑雪健将木村公宣一起去富良野（富良野是北海道内知名的观光城市），木村公宣还指导了东野圭吾的滑雪技术。这让东野圭吾很是得意，免不了向朋友们炫耀一番。

学生时代的东野圭吾就对各种运动有着极大热情，不过对某一项运动保持长久的热情就太难为爱热闹的他了。仅上学时候，东野圭吾就在剑道、田径、射箭间徘徊。对自己从小学时就热爱的日本国球"棒球"，东野圭吾最后也变得兴致全无，甚至最后不再是主队大阪虎（东野圭吾老家在大阪）的球迷。然而自从亲自体验滑雪后，东野圭吾竟然少有地保持了长久的热情。大约这也来源于他对滑雪的长久关注。1972年日本札幌冬奥会，东野圭吾就观看了日之丸飞行队两人高台滑雪（包揽金银铜牌）和笠谷幸生的九十米级高山跳台滑雪比赛。日本在这项目上也是名将辈出，笠谷幸生之后的秋元正博、八木弘和等也成长为世界级选手，他们在1980年的普拉西德湖冬奥会上表现优异，也让东野圭吾对该项目一直热情不减。然而在这届冬奥会之后，日本男子跳台滑雪陷入了一段低潮，在萨拉热窝和卡尔加里的两届冬奥会上的表现都不如人意。

由于经常去滑雪场，东野圭吾就琢磨起写一些关于滑雪的随笔，顺便挣点滑雪费用。然而等雪化完后，东野圭吾写随笔的热情也就没有了。之后悠闲的东野圭吾又开始了他的运动"浪迹"，玩玩冰壶，打打高尔夫，可惜玩的时间都不长。玩冰壶时东野圭吾还出了事故伤到了脸，缝了很多针。打高尔夫就更是惨淡，那时的东野圭吾毕竟还没有靠版税成为"富豪"，买了一套十分便宜的装备，结果出尽了洋相：劣质的球鞋张了大嘴，拿纸袋子装球杆……

虽然贪玩的东野圭吾暂时搁置了滑雪题材的写作，不过他还是对此念念不忘。他对滑雪的热爱也广为人知。在2005年东野圭吾出道二十周年时，责编们联合送了他一套新型滑雪板表示祝贺。

2006年东野圭吾就写了以滑雪为主题的《梦回都灵》随笔集。这部随笔集不是标准的小说也算不上散文，文风幽默，东野圭吾在文中表达了自己对雪地运动的迷恋。书中"东野圭吾"家里的猫变成了一个年轻小伙，东野圭吾就将自己对滑雪的痴迷转移到了这个猫变的小伙身上，逼着他发挥自己的特长跳跃去学跳台滑雪，还一路杀进都灵冬奥会。然而这位继承了猫咪慵懒本性的小伙很没耐心，东野圭吾只好使出了各种诱惑方式——美女队员、奥运金牌。作为滑雪迷的自己甚至推心置腹现身说法试图感动猫小伙去参加冬奥会。在书中，东野圭吾还为人们关注夏季奥运会而不重视冬奥会而打抱不平，甚至还点评了当时日本在几个雪地运动项目的实力并提出了建议，对滑雪运动的热爱之情不可谓不深。虽然这部作品采用了"猫变人"的离奇叙述方式，但其实这还是东野圭吾对个人生活的记录。东野圭吾不仅表达了对滑雪超乎寻常的热爱，还借和猫小伙的相处展示了自己对某些生活现象的爱憎。这部幽默自嘲的作品也让读者近距离了解了现实中的东野圭吾。

除了《梦回都灵》外,东野圭吾在《鸟人计划》《疾风回旋曲》《布谷鸟的蛋》等作品里也写了不少关于滑雪的内容。在一次滑雪世界杯札幌跳台比赛中,东野圭吾接触了对当时芬兰名将马蒂·尼凯宁飞行轨迹的研究,这项研究是时任学园女子短期大学副教授的佐佐木敏助利用电脑解析的。东野圭吾最终将这一研究成果用到了《鸟人计划》中。

马蒂·尼凯宁是当时世界上最厉害的跳台滑雪选手之一,不过就在东野圭吾抱着摄像机拼命录下尼凯宁的动作时,V字跳转的创始人博克莱布却获得了那场比赛的冠军!《鸟人计划》里"由犯人自己推理"的构想东野圭吾早在初中时就有了,后来他把这一构想与自己非常喜爱的跳台滑雪结合起来,最终创作出了这部作品。

不过真正意义上以滑雪为题材的推理小说还是他在出道三十周年时推出的《风雪追击》。这部小说故事倒不复杂,学生龙实兼职帮客户遛狗,去主人家看望小狗时,因怀念而顺走了已经去世的狗的狗绳,结果当天晚上狗主人就被人用狗绳勒死在家中，龙实因此成了最大嫌疑人。其实案发时龙实正在滑雪场的禁区滑雪，还遇到了一位滑雪实力高超的神秘女孩。面对急于结案的警察，龙实必须找到那个神秘女子来洗清自己的嫌疑。虽然这是一个推理悬疑故事，但是在我们看来却是人们在友情、爱情、正义、金钱面前如何进行抉择的故事。波川、冈田、松下等在面临朋友龙实被指认为杀人凶手时，是选择相信还是选择怀疑？

尽管《风雪追击》的故事不复杂，但东野圭吾很注重刻画故事里的人物，作为"有五分灵魂"的人，"五分灵魂"后是关于坚持与放弃、相信与怀疑的矛盾，法律正义、友情、爱情、生活等就交织在这"五分灵魂"里。

警察小衫在大家急于结案草率断定龙实是杀人犯的情况下，顶住上司的压力选择了正义，放弃缉捕龙实、波川，让他们能够去找出证人。波川为了帮朋友洗脱冤情，不惜"对抗"警察努力去寻找证据。根津、千晶等人在警察调查时，相信龙实的无辜而隐瞒了他的行踪。因为生活不易，酒馆老板娘的丈夫拼尽全力、不顾身体保住酒店和滑雪场……正是靠着"五分灵魂",每一个人去努力做自己认为应该做的事,最终正义得到伸张,生活得到守护,就像书中所说的那样:"虽然我们每个人都是蜉蝣一样的存在,但是即使是一只一寸的虫子都有五分灵魂,把这些灵魂聚集起来就一定能成为一股很大的力量。"

伴随着暴风雪和快节奏的滑雪运动,《风雪追击》也营造出了一种激动人心、扣人心弦的氛围,真有几分快意恩仇的感觉。尤其是小杉为了帮朋友,缜密分析犯罪嫌疑人,在滑雪赛道上带着龙实一起逃跑,让龙实注意总部的人必要时要"留得青山在不怕没柴烧",找老板娘助阵抓捕……颇有几分运筹帷幄又充满江湖义气的"大侠风范"。

写作是非常耗费脑力的事情,长期的端坐创作也容易增加赘肉,因此不少作家都有运动爱好,一则可以让自己的精力更加充沛,二则也可以打发一下写作外的大把时间(作家这个职业还是比较封闭)。萧伯纳爱好游泳,莫泊桑喜好划船,杰克·伦敦和海明威沉迷于打猎……东野圭吾的同胞村上春树则痴迷于长跑,他在《当我谈跑步时,我谈些什么》等作品中记叙了自己对跑步人生的感悟,这位屡次和诺贝尔文学奖擦肩而过的畅销书作家,因为数十年的长跑生涯,还被戏称为"诺奖陪跑者"。不同于村上春树对长跑的钟情,东野圭吾可以说是经常"移情别恋",他写过很多关于运动项目的小说,如写棒球运动的《魔球》、写射箭运动的《放学后》和写滑雪运动的《风雪追求》等。

当然,滑雪项目是东野圭吾小说中出现频率最高的运动。虽然这几部小说没有一部成为东野圭吾的代表作,但是早期创作的《魔球》和近作《风雪追击》还是有一定的名气。或许是运动本身就代表着消遣和阳光,不适合与波谲云诡、阴郁血腥的推理过度融合,所以这些小说在表现面上也受到了一定限制。从少年懵懂到晃荡青春再到如今功成名就,运动尤其是滑雪运动已经成为东野圭吾生活的一部分,作家将其纳入写作范围也是情理之中的事情,《梦回都灵》《疾风回旋曲》《风雪追击》等作品也共同创造了一个别具特色的"滑雪世界"。

家庭事业，冰火两重天

已经有十五六年创作经历的东野圭吾已成为享誉世界的推理小说家。随着几本书的接连畅销，东野圭吾也获得了非常丰厚的版税回报，也有更多时间去享受生活和进行创作。

东野圭吾在2002年舒舒服服滑了一年的雪，然而也没有"荒废"创作，陆续出版了《湖边凶杀案》《时生》《绑架游戏》三部作品，这是东野圭吾又一个"高产"的年份。不同于以往，此时的下饺子式创作有了质量保证，其中《湖边杀人案》还成为他的代表作之一。这部作品延续了《白夜行》中那种对人性黑暗的描绘，让人萌生出一种难以言喻的心痛和寒意。孩子杀人而且最终没有揭示哪个孩子杀人，作品暴露了成人的懦弱和熊孩子的可怕，这种可怕是根植于人性的自私和盲目的，成人有意识的掩盖和孩子无意识的犯罪共同造就了这个灰暗的世界。四个家庭在一起补习功课，那个意外闯入而又被杀的女人，肯定是被其中的某个孩子所杀，所有的家长决定合谋隐瞒这起凶杀案，人性的善与恶在畸态中交锋——家长们用畸形的"爱"浇灌着孩子的"恶之花"。

随后的几年间，东野圭吾显示出了成熟作家旺盛而又稳定的创作能力——每年出版三部作品。2003年出版的是《信》《杀人之门》和《我是冷面老师》；2004年是《幻夜》《挑战？》《彷徨之刃》；2005年是《黑笑小说》《嫌疑人X的献身》《科学？》；2006年是《梦回都灵》《红手指》《使命与心的极限》。其中《挑战？》是以滑雪为题材的，这与东野圭吾对滑雪狂热的喜爱密切相关；《梦回都灵》作为一部随笔作品，在记录自己对生活看法的同时也表达着对雪地运动的热恋。《黑笑小说》并不是一部推理作品，而是"文坛记事"，属于幽默风趣的"笑之系列"（另外两本为《怪笑小说》《毒笑小说》)作品之一。其实从《那时我们是傻瓜》(中文名《我的晃荡的青春》)开始,东野圭吾就写了一些幽默、自嘲的随笔集,这部《黑笑小说》也是延续了东野圭吾那种"玩世不恭"的风格。

这些作品中,最重要的无疑是给东野圭吾带来许多荣誉的《嫌疑人X的献身》。这部作品那种不顾一切、无往不复的爱情为人津津乐道,甚至还在日本推理界引发了一场本格与非本格的论战,这意味着东野圭吾在社会派中拓展了推理小说的表现领域。

在本格推理中,人物是为诡计服务的,而东野圭吾则是先设定人物再匹配相应的诡计,进而延伸出社会主题。这种"东野圭吾式"设计在以日本核电站真实情况为背景的《天空之蜂》和灵魂与身体转移的《秘密》等作品中已经表现得非常明显。爱情是人类最永恒的情感之一,像《嫌疑人X的献身》这种激烈到可以与《感觉世界》相提并论的"爱情",更易引发读者的思考和共鸣。

在东野圭吾看来，《嫌疑人X的献身》引发的本格与非本格讨论是他的荣耀之一，但对东野圭吾来说最大的荣誉，当然还是凭借这部作品获得了"直木奖"。这部日本气息浓烈的作品，让东野圭吾的声誉达到了顶峰，它的影视改编让东野圭吾的名声得到了更大的传播。

更为重要的是，《嫌疑人X的献身》所表现的这种爱情，和《感官世界》里的阿部定事件、村上春树《挪威的森林》里青年那种焦虑迷茫的爱、渡边淳一的《失乐园》里松原凛子和久木祥一郎在欢愉的顶点自杀一样，表现出了一种"高于"法律和伦理的纯爱模式。这种非正常的爱情在日本文化中并不鲜见，在武士时代，女子爱上杀死自己丈夫的强大武士也并不为人排斥（当然，如果女子假装委身后为丈夫报仇就更是为人称颂的行为）。石神哲哉因为花冈靖子无意间拯救自己性命而生出的虔诚和不顾一切地爱恋，成为一种病态爱情的典范，它在日本的流行不禁让人想起阿部定事件中，审判阿部定时民众请求对她宽恕时的情形。

然而，世间没有完美的事情，在东野圭吾的创作生涯达到一个新的高峰的时候，他的母亲病重，最终不幸去世。东野圭吾的母亲患有腹部大动脉瘤和胆管癌，在 2003 年就住进了医院，而在此之前，她并不知道自己患有癌症。2004 年她又因为感染金黄色葡萄球菌引起了并发症，身体十分虚弱，加上年事已高，无法进行手术，尽管有家里人无微不至的照顾，她还是于当年撒手人寰。

两个姐姐承担起了照顾母亲的重任，分担了东野圭吾不少的压力，尽管如此东野圭吾也不得不经常返回大阪来安排母亲的治疗。当母亲去世后，东野圭吾主持丧事又忙得焦头烂额，父亲把事情全交给了东野圭吾，当时东野圭吾的父亲已经八十七岁，确实也有心无力。这些变故对东野圭吾的创作产生了一些影响，《嫌疑人 X 的献身》的出版就被延迟了。

随后，年迈的父亲搬到了位于横须贺的一家养老院，在里面过得也不错。母亲的病重和去世，让东野圭吾平添了许多生活感慨，在2006年出版的《红手指》和《使命与心的极限》中，他写出了大量对生活和生命的感悟。从这一点上说，东野圭吾已经真正是"历经沧桑的成熟大叔"了。

解忧杂货店的奇迹

2005年是东野圭吾出道二十周年。十年沉寂和十年辉煌的组合虽然不是那么绝对的泾渭分明，但其创作生涯的起落还是有迹可循。十年的时间对于一个作家来说不算短，到了2005年的东野圭吾，已经凭借着自己的创作风格和《放学后》《秘密》《白夜行》《嫌疑人X的献身》等作品在日本推理小说界赢得了属于自己的地位。

日本小说家常常以旺盛而长久的创作力著称，近代以来，川端康成、安部公房、渡边淳一、村上春树都是著作等身的文学大师。在推理小说界，江户川乱步、横沟正史、松本清张等也是同样著作颇丰，对于这些推理大家来说，一年创作几部作品实在不足为奇，某种程度上这也是保持自己地位的一种方式。由于稿酬相对优厚和全民读书氛围好，在日本作家也能够专心于创作，如果图书滞销、稿费极少都难以坚持写作了，估计绝大多数作家都难以坚持写作了吧。

凭借《嫌疑人X的献身》赢得了自己声誉的东野圭吾，和诸多前辈一样在此后还是保持着非常稳定的输出，陆续推出了不少新的代表作，比如2008年的《圣女的救济》、2010年的《布谷鸟的蛋是谁的》、2012年的《解忧杂货铺》、2014年的《虚无的十字架》和《祈祷落幕时》（获得吉川英治文学奖）、2015年的《拉普拉斯的魔女》、2017年的《第十年的情人节》等都是"东野圭吾迷"耳熟能详的作品。其中，获得日本第七届中央公论文艺奖的《解忧杂货店》让东野圭吾在日本再次登上创作高峰的同时，也让其在中国成为家喻户晓的作家。

《解忧杂货店》让我们想起村上春树的《海边的卡夫卡》和《1Q84》，甚至芥川龙之介那些想象奇诡的小说（如著名的《鼻子》），这些都是跨越了"现实与想象之间不可逾越的鸿沟"的经典之作，这种跨越让人对现世的精神追求有了更多"类现实"的空间，那种在现世行走时的喜泪相随、人性迷失、社会枷锁，甚至还有日本独特的死亡意识和义理固执、唯美幽玄、病态虚无，都在现实和想象的交融之中，找到全新的平衡。

正是故事性和"纯文学性"的融合，让《解忧杂货店》在《秘密》《嫌疑人X的献身》所表现出来的"人的存在"的基础上，更有了一种感人肺腑的力量。虽然这部作品严格来说和"本格推理"相距甚远，无论是实际上并不可能存在但暗合某种抉择的"求解忧信"还是"求答者"在现实中依据自己的内心引导做出的实际行动，基本没有玄妙莫测的故事情节，反倒是如实反映了因为种种忧虑而陷入困境的普通人生活，这和你我内心的那种善良与爱、情感纠结与渴望之心是多么契合！

没有真正的犯罪，也没有冰冷的推理，一切都与爱和家庭息息相关。爱情和理想的冲突（月兔）、家庭安排和自我选择的相左（鱼店音乐人）、报恩之心与现实波折的错位（迷途的小狗）之类并非不可调和的矛盾让所有的选择变得十分困难。如此一来，浪矢解忧杂货店的所有"指引"也都有着"向善"目的，对美好生活的期盼压过了犯罪的惩罚甚至是为人的艰辛。这种"反本格"的创作，让东野圭吾的小说更容易引起读者的情感共鸣。

在东野圭吾的《解忧杂货店》引进中国之前，因为虽然有江户川乱步、横沟正史、松本清张及绫辻行人这些推理大师作品（甚至还包括东野圭吾本人的许多作品）流传，但并没有出现"现象级"的阅读热潮。东野圭吾和他的《解忧杂货货店》对日本推理小说在中国乃至世界传播的带动作用是毋庸置疑的，中国、韩国、美国等国家的"东野圭吾热"此起彼伏，提起日本推理小说，至少目前名气最大和人气最高的都是东野圭吾，从这点上说，东野圭吾已成为日本推理小说的"新王"。

《解忧杂货店》里曾说:"地图是一张白纸,这当然很伤脑筋,任何人都会不知所措。可是换个角度来看,正因为是一张白纸,才可以随心所欲地描绘地图。一切全在你自己,一切都是自由的,在你面前是无限的可能。"这段话也可以用来概括东野圭吾的创作生涯,作为有些"离经叛道"的推理小说家,东野圭吾在"日式推理"这座延续了上百年的富矿上,延伸出了新的矿区,成为和江户川乱步、横沟正史、松本清张齐名的"推理小说大师"。

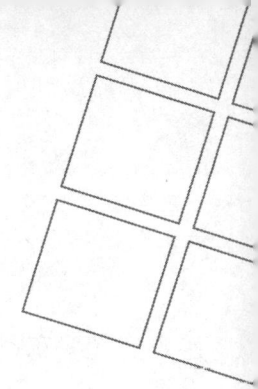

Chapter 5

窥探文学
世界的内外

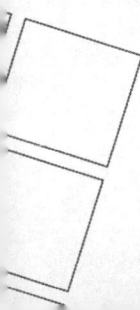

东野圭吾曾说："如今回顾写作过程，我发现自己始终在思考一个问题：站在人生的岔路口，人究竟应该怎么做？我希望读者能在掩卷时喃喃自语：我从未读过这样的小说。"东野圭吾的作品如此动人，也源自他努力为读者创造这种"未读过"的文学世界。东野圭吾在丰沃的日本推理小说田地里，开垦出了属于自己的庄园。尽管东野圭吾的作品也采用了本格推理的各种诡计，如《白马山庄杀人事件》的"暗号推理"模式、《雪地杀机》之"暴风雪山庄"模式等，但他最令人深刻的作品和内容还是他在十年沉寂后所构建的现实与人性、情感与理性、个人与社会所交织出来的复杂文学世界。

正是这样的文学世界，容纳了东野圭吾对现实世界的认识，他在接受关于《虚无的十字架》创作访谈时说："人性的独白、社会的炎凉，这些都是人类永远需要关注的命题。"从青春的躁动、爱情的执着到现实的藏污纳垢、人性的迷失再到对生存抉择的思考、社会的反思，东野圭吾在推理中一步步呈现现实世界纠葛的同时，也一步步袒露他对于世界的审视。"文如其人"，几十部推理小说架构的文学世界里，也有一个在不断探索的内在东野圭吾。

《魔球》：源自爱的生命偏执

> 你拼命学习，我拼命打棒球，我们一定要让妈妈幸福。就算搭上性命，我也要报答妈妈的恩情。
>
> ——东野圭吾《魔球》

在应征江户川乱步奖时，东野圭吾创作的第二部投稿作品就是《魔球》。那还是在 1984 年 1 月，东野圭吾年仅 25 岁，这部以棒球为题材的推理小说还入围了第三十届乱步奖的终评环节。

年轻时的东野圭吾显然还不能像成熟期时那样建构出广

阔的社会背景或者基于家庭、爱情、婚姻等元素的复杂感情世界,这对于初出茅庐的东野圭吾来说还是太难了。从自己熟悉的领域取材对于当时还是新手的东野圭吾来说,无疑是比较稳妥的选择。

虽然棒球在亚洲不算十分流行,然而在日本它却被称为仅次于相扑的第二"国技",日本的棒球流行程度就像中国的乒乓球一样。说起棒球,水平和联赛成熟度最高的无疑是美国。棒球在日本如此流行,和黑船事件美国扣关后,大量美国人涌入日本带来这项运动有关。早在 1873 年,霍雷斯·威尔森就将棒球传入日本,同年留学美国的牧野仲显回国也开始教日本人打棒球。自此之后,棒球就逐渐开始在学校之间流行起来,早庆棒球战(早稻田大学与庆应义塾大学)更引起社会上的广泛关注。从 1914 年早庆明三校(早稻田大学、庆应义塾大学、明治大学)组成大学棒球联盟开始,日本的学校棒球联赛规模不断扩大。到了 20 世纪 50 年代,日本棒球走上了职业化道路,现在的日本职业棒球联盟由中央联盟与太平洋联盟组成,共 12 支职棒球队。不少日本球员效力美国职棒大联盟的球队（比如日本的全民偶像铃木一郎），棒球在美国和日本都是当之无愧的国球。

东野圭吾和绝大多数日本人一样，小的时候对棒球非常痴迷，他还是阪神虎的球迷。早在上小学时东野圭吾就看棒球比赛，对各球队的喜好憎恶也非常鲜明。当时小小年纪的东野圭吾就对传统强队读卖巨人"深恶痛绝"，读卖巨人在中央联盟中获胜次数遥遥领先于其他队，天然有一种精英意识和天下第一的姿态，这种意识和姿态吸引了很多球迷，然而东野圭吾却偏偏讨厌他们的"高傲"，就连当时队内"凡是棒球迷都喜欢"的长岛茂雄和世界全垒打王王贞治都非常讨厌。

虽然东野圭吾讨厌和巨人队相关的所有事物，但漫画《巨人之星》却是例外。当时这部漫画杂志一周一发，东野圭吾总是在第一时间冲进书店把漫画看完。东野圭吾之所以喜欢《巨人之星》，是因为职业棒球外那种"非棒球而近似棒球"的精神——就像武者一样隐忍、坚持、奋勇到近乎"执迷不悟"。里面的星飞雄马正是凭借这种精神练就了大联盟一号球、消失的魔球等绝招,并且不惜牺牲自己身体最终练成了禁忌的魔球——大联盟球三号。

漫画里那种为了胜利不顾一切、以打倒对手为第一生存目标的精神,深深感动了东野圭吾和他的伙伴们。花形满明知道上半身肌肉可能被毁掉也要将大联盟一号球打出去,星飞雄马为了战胜父亲最终废掉了手臂,这些都停留在东野圭吾记忆的深处。

在《魔球》里,这些记忆深处的东西被再次演绎。这部作品里明显带有孩子式的偏执和对家人纯粹的爱,这也是年轻的东野圭吾对世界的一种认知再现,对源自童年的那种对生命意义偏执般追求的肯定。

棒球强调团体作战,但也主张"一对一"对抗;重视竞技者暂停时思考的智慧和理性,又颂扬不惜身体的搏杀;渴望压制性的胜利,但规则下无论最终战比赛时两队拉开多大的点差,都给予落后者"反杀"的可能。这些双向的极端也和日本人民族性格息息相关,这大约也是棒球能够在日本流行的一大原因。

在《魔球》里,东野圭吾用了很大篇幅描写棒球运动现场,也将棒球运动的那种精神和人物融合在了一起。就像《巨人之星》里不顾身体练习魔球的偏执主角一样,《魔球》里的须田武志为了报恩也是不惜自己的生命。这种精神也有着很深的日本文化背景,无论是对胜利和荣耀极端强调的武士道身影,还是为报恩不惜一切的义理精神,都散发着浓郁的日本文化气息。

须田武志童年时被生父抛弃,后来生母死亡,人生从出生就充满了痛苦,但是养父母的关爱也让他变得强大,他很想报恩。冷暖的双向体味让他为了让养父母家过上更好的生活而不惜一切。他全力发挥自己的天赋拼命练习棒球,希望成为职业棒球球员来实现自己报恩的夙愿。然而就在签约前夕,他右臂出现了难以治愈的疾病,为此偏执的武志胁迫芦原来换取"魔球"的投球方式，后来又失手杀死了好心阻止自己继续打棒球的好友北冈，为了向挚友赎罪和不连累养父母，武志更极端地在每天打棒球的地方自杀。

这部充满校园青春色彩的推理作品中，同时糅合了家庭变故、亲情、友情等多种元素。东野圭吾曾说："我对这部作品（《魔球》）相当自信……我一直希望自己的作品可以带给读者更多的东西，比如人性的独白，比如社会的炎凉。"然而对于年轻的东野圭吾来说，实现这一点还需要很多积累。不过就此可以看出东野圭吾在推理小说上的庞大野心，这也深刻影响了他的创作之路。

《放学后》：青春与人性的躁动

那些青春期的脆弱自尊，轻易地不得触碰，那极有可能成为对他或她一生的打扰。我们都曾经历过那样纯粹、易碎的青春，只是时光的磨砺让我们懂得逃避与忍气吞声，然后慢慢遗忘自己曾经的青春。

——东野圭吾《放学后》

《放学后》对东野圭吾的重要性不言而喻，正是这部作品让他获得了江户川乱步奖。这部作品也让东野圭吾最终决定走上职业写作之路。在获得乱步奖的 1985 年，讲谈社就按照该奖"惯例"出版了《放学后》单行本，这也是东野圭吾

第一部公开出版的作品，日本读者得以初次窥探这位"推理新星"的文学世界。

作为初出茅庐的新手，东野圭吾还是按照本格推理的路子老老实实地构思，采用"密室杀人"模式来讲述一个留有"迷局"的故事。尽管有一些读者说小说末尾的反转太过突兀，但出于前岛和妻子的恶劣关系，这种反转在暗线里发生也十分正常，而且正是夫妻关系的破裂极大地影响了他的性格，没有和妻子感情的不和，前岛在学校里就不会如行尸走一般。正是"青春的易碎"和"成人的龃龉"的双重纠葛，造就了本该单纯的校园的阴暗可怖，这种看似突兀的反转，不过是成人世界暗线的延续，这也隐喻着这些校园里的学生未来要面对的成人社会。

被称为"机器"的前岛老师，三次在放学后遭人暗算（在S车站一列快车到来时险些被推下月台、在游完泳淋浴时差点被蓄谋用放在水里的通电插座电死、差点被从三楼扔下的天竺葵盆栽砸中头），陷入了极度惶恐。而随着他本人的讲述，在小小高中的重重青春迷雾和罪罚才逐渐揭开。但是针对前岛的谋杀也远远没有结束，背后真正的杀人计划和师生之间的隐秘也逐渐浮出水面。

青春世界的极端纯洁和脆弱

青春的寓言，大约就在于"想去珍惜的时候却已来不及"。七堇年在《流景闲草》曾引用一个故事说："在日本明治年代，曾有一个年轻女子跳瀑自杀。她并不是失恋或者厌世，疾病或者绝望，只是因为觉得青春年华太美，不知失去之后如何是好，于是不如像樱花那样，在最美的时刻死去。"这种对青春的极端珍视导致很多人在少年时代就背上与年龄不相称的沧桑感，进而导致了自裁或者犯罪。

忽如琉璃般生生碎裂的青春，美丽、友谊、回忆、纯情和懵懂被摧毁时，恨意就开始萌发、没有约束。

惠美自慰被村桥和竹井老师看到，因为要保护自己的纯洁,惠美想要自杀,但在校医的救助和好朋友惠子的安慰下自杀未遂,后来她又想服氰化钾自杀,惠子再一次出手,并谋划杀死村桥和竹井来掩盖这一事情。在实施这一计划时,惠子选定前岛作为伪谋杀目标,将警察调查注意力引开,让其认为村桥和竹井是伪谋杀目标的替死鬼,进而混淆警方对村桥和竹井被杀原因的判断,从而让实施谋杀的惠美逃脱制裁。

在成人的世界里,因为这样的小事情就精心策划如此复杂的杀人计划确实难以理解。但对未成年人来说,纯洁和声誉的重要性超过了生命,他们可以为了让朋友开始新生活而无条件帮忙(甚至去杀人)。当惠美杀人回来,双腿颤抖,少年的紧张和害怕又暴露无遗,杀人意味着摒弃自己的生命和未来,可能他们根本没有意识到自己的行动将要遭受的法律制裁,也没有意识到自毁人生,只是一开始就回不了头,只能一步一步地错下去。

当然,青春也必然和成人的"介入"有关,身为射箭社顾问的前岛和作为射箭社部长的惠子一起集训时候有过分亲密的举动，唤醒了她的"性意识"，最终导致她的自慰。高原阳子曾在和前岛一起旅行时向他表白，但被拒绝，受挫的阳子对前岛态度冷漠。村桥怀恨学生，威胁麻生老师保持男女关系，也被惠子加以利用。

成人世界的藏污纳垢和救赎感

成人世界对青春世界的"介入"，也慢慢展开了一条暗线。村桥老师威胁麻生老师保持男女关系，里面的"仇恨"被惠子利用。惠子利用在村桥身上发现的照片，写便条威胁麻生老师去替换了道具瓶子，完成了"竹井替前岛死"的犯罪设计。

当前岛揭穿了惠子和惠美的犯罪后，谋杀并没有像人们预想的那样停止。喝得酩酊大醉的前岛被妻子的情人袭击，让成人世界的藏污纳垢和救赎拧成了麻花。前岛被妻子裕美子的情人芹泽（裕美子兼职的超市老板）刺了一刀，然后裕美子载着芹泽一起逃离，显然他们预谋杀死前岛。而这一切都源于前岛对妻子的残酷、冷淡,因为自私强迫妻子打掉孩子犯下"罪责"。受尽伤害的裕美子,因为缺少爱而最终出轨。

前岛向妻子透露被人"谋杀"时,她心里因为孩子被强迫打掉的"恨"也开始蠢蠢欲动,最终促使她决定杀死丈夫(嫁祸给"谋杀"他的人),和情人一起生活。然而学校的谋杀案已经破解,警方显然不会像他们预想的那样,将凶手归为前几次"谋杀"前岛的人,因为对前岛的"假谋杀"才是事实。因此一旦前岛死了,妻子裕美子和情人芹泽的如意算盘必然落空,被揪出来成为杀人凶手!

将死的前岛在最后时刻想:"能让裕美子杀死我吗?"答案是,也许应该被她杀。"鸟之将死其鸣也哀,人之将死其言也善",将死的前岛为以往对妻子的伤害悔恨,他躺在柏油路上希望能有人路过救自己,并不是为了自己能活下去,而是不想妻子背负杀人者的罪名,他渴望最后的救赎机会,但已经无法选择。

值得一提的是,《放学后》中惠子设计的弓箭杀人的诡计,得益于东野圭吾在大阪府立大学西式弓箭部的经历(东野圭吾作为部长将弓箭部带降级也是他一大痛点)。初出茅庐的东野圭吾对社会的体验和各种"犯罪知识"的储备是不太丰富的,像创作《魔球》时选用十分熟悉的棒球运动一样,利用自己最熟悉的学校经历也是不错的选择。而在创作《放学后》期间,东野圭吾与某女子学校的代课教师结婚,将小说背景设置在女子高中也与此有关。即使是早期作品,《放学后》也显示出了东野圭吾对人性的关注。青春心理的纯洁与躁动、成人感情世界的复杂、自私与救赎的交杂,让这部作品给人复杂难言的体验——安慰青春,也安慰成人。

《秘密》：爱就把眼泪留给自己

  他想起那天在山下公园发生的事。那天并不是直子消失的日子，而是她决定完全抛弃直子的身份继续生活的日子！在她以藻奈美的身份苏醒之后，曾失声痛哭，那眼泪难道不是为抛弃自己而流淌出的悲伤的眼泪吗？

——东野圭吾《秘密》

  虽然《秘密》最后设置了"真相大白"的情节，但实际上并没有峰回路转的推理，倒是"精神乱伦"和"灵魂转移"更为引人注意。"灵魂转移"在母女身上发生，必然会导致"精神乱伦"，这种"乱伦"在川端康成的《千只鹤》和渡边淳一的《萍水》中也可窥见,实际上在日本文化概念里,感情可以挣脱一切身份的限制,所以会出现父亲对藻奈美的新郎说:"一拳是因为你夺走了我的女儿,另一拳是因为……还有一个人。"

在日本的文化语境里,现实与虚幻并没有明显的界限,这可以追溯到对"天照大神"和"万世一系"的"天皇制"的信仰。家族中,用对祖上英灵的推崇甚至来支持现世的行为也屡见不鲜。鬼神、妖怪、精气、怨念在日本文化中都是和现实并存的"实体"。关于三大妖怪鬼、河童、天狗(一说为酒吞童子、玉藻前、大岳丸)的传说由来已久。现收藏于东京博物馆的童子切安纲,因传说斩杀大江山中酒吞童子而得名;现藏于日本皇宫里的鬼丸国纲,也因传说北条时政晚上做梦时用此刀砍下恶鬼头颅而得名。妖怪杀人,怨灵复仇,精气附着于神兵利器……这些超越现实之上的元素依然在日本的当代文化中占据重要地位,《秘密》里这种"灵魂转移"在日本读者看来并不陌生。

《秘密》是东野圭吾十年低谷后的一部代表作。尽管这部作品里有很多秘密，但并无犯罪和诡计，反倒是充满了浪漫主义的幽美与幻灭。如果说《名侦探的守则》代表着东野圭吾对"冰冷"推理的怀疑，那随后的《秘密》就是对"温情"人间的珍视，一场爱情，一场轮回。

《秘密》从构想到完成历时很长，其实东野圭吾最初的想法远没有书里表现的这般感情至深。他还在日本电装株式会社上班时，看到这样一个故事——在一场惨烈的事故中，一个年幼的孩子获得了在身旁死去的人的记忆。当时东野圭吾的想法其实很简单："我最先想到的是，如果恋人的魂魄附在小女孩身上，那么滚床单的事应该如何解决呢？"这个想法甚至带有谐谑的成分。后来东野圭吾还把这个在脑中停留很久的想法写成短篇小说发表。

东野圭吾一直有将这个想法转化成长篇小说的打算，但直到他对婚姻和人生有了更深的理解后才开始提笔创作。1998年东野圭吾与结婚了十四年的妻子离婚，自己也在《放学后》"光芒闪现"后，如烟花落尽的夜空一般经历了长达十年的沉寂。东野圭吾写过好几本自传性质的随笔，比如《那时我们是傻瓜》和《梦回都灵》等，但很少有悲观的情绪，更多是"卓别林式的乐观幽默"，他自嘲独白般地回忆了很多关于父母、姐姐、上学、创作的事情，唯独在婚姻问题上缄默不语，很少提及。

深爱有时在放手时因为释怀而更加纯粹，就像生活有时因为历经磨难而让人更懂其中的真谛。经过十年的浮沉和婚变，东野圭吾当年"谐谑"的心情减少了很多，将当年的想法写成《秘密》，就是爱情心路的写照和生命的救赎与偿还。

秘密里的秘密

在很多人看来，《秘密》是一部爱情小说而不是推理小说。那种身体和灵魂置换后依然不悔不变的爱情，确实有历来传说中才有的"伟大"或"不渝"的因子。纯爱中的虚无与哀伤，就像我们熟悉的那些日式唯美电影《情书》《恋空》

一样。爱情在这种"不正常"情况中闪耀出的执着,就是通过一步步揭示秘密里的秘密,展现出它令人动容的一面。

平介家虽然过着平淡的生活,但每个人都对家庭尽心尽力,平介努力工作养家,妻子直子勤劳持家,女儿藻奈美聪明伶俐,一家人其乐融融。一场突如其来的车祸打破了这种平静,又造成了新的伦理困境——死去的挚爱妻子的灵魂转移到了活下来的女儿身上,"三口之家"以这样让人难以抉择的形式重组了!

直子寄居在女儿藻奈美体内的灵魂醒来,因爱妻身亡而悲伤不已的平介仿佛又看到了她。纵然女儿身体里的灵魂是妻子,但出于伦理道德标准,平介不可能把此时的藻奈美当作妻子,当然直子也不能做曾经的妻子,他们是夫妻,却又不能再是夫妻;同时直子还要对死去的女儿负责,以藻奈美的身份过女儿应有的人生。但这种无法在现世伦理里得到承认的分身错位让他们不得不保守这个秘密。年轻漂亮的桥本多惠子的出现,给了平介结束这种尴尬境地的机会,但出于对妻子的爱，他放弃了，继续在尴尬的泥淖中和妻子守护着秘密。

直子上了高中后，和学校网球部男生的交往，令平介十分痛苦——在灵魂上，他觉得正在失去妻子，而出于为女儿着想他又不应该过分干涉。直子不愿继续看着平介如此痛苦，决定假装藻奈美的灵魂苏醒过来，让平介看来藻奈美是自己真正的女儿。直子也在适应女儿的身体后，经过自己的努力完成了藻奈美的理想——成为独立自主的女性。

九年时光后，藻奈美和文也婚礼那天，平介无意间从钟表店店主那里得知：藻奈美用母亲的婚戒重新打造了自己的婚戒。但实际上只有直子才知道那枚缝在小熊挂饰中的婚戒。那一刻平介恍然大悟——女儿藻奈美身体里的灵魂自始至终都是直子！

平介痛苦地冲进新娘更衣室，然而和"女儿"相对的那一刻，他接受了命运，守护住了这个属于两个人的秘密。因为无论在现实中失去的是女儿还是妻子，他都注定无法再拥有她们任何一个人,所以如果不放手,"三口之家"的纠葛永不会结束,到头来会毁了所有,也会辜负直子灵魂的良苦用心。

平介忍下揪心的疼痛,他注视着这个迎娶走"女儿"的文也:"我要揍你两拳,一拳是因为你抢走我的女儿,另一拳……是为了另一个人。"

生活里的生活

小说中作为主线的,毫无疑问是因为爱情而出现的"秘密里的秘密",而这一主线延续的背后,是暗线"生活中的生活"。之所以秘密一再反转,一层层推进,就是因为生活最后才是真正的现实。就像爱情里,挚爱的人在现实中选择放手,或许仅仅因为"看着你和他人幸福,总是比永远地失去你好"一样,有时候两人是不是相爱与能不能结婚在现实里是两回事。

千变万化的生活面貌也正是如此,某些不合常规的生活状态也必然有它存在的理由和令人动容的力量。

平介对害死自己妻子的肇事司机（也死于那场事故）进行调查时，知道了他玩命开车是为了寄钱养活远方的前妻和儿子。虽然前妻的儿子文也并不是司机的亲生儿子，但是这个司机生前说过："爱一个人，就是要让他幸福，不管他是不是我的孩子。"司机妻子告诉平介的这句话也最终促成了他忍痛放手，让直子以女儿藻奈美的身份继续生活。

有一种爱就叫作不问过往，就像那个将养子视如己出的司机；有一种爱叫作明知不舍却依然放手，就像放弃妻子与女儿的平介。

当看到"直子"逗猫时脸上的温柔神色时，平介知道应该放开已经无法属于自己的妻子了。而当"直子"听到平介同意她和同学外出游玩，并且称呼自己"藻奈美"的时候，也明白了丈夫的决定。

太宰治曾在《人间失格》中说"生而为人，我很抱歉"，这种真诚的悲哀，也是命运的一种真相。平介既单纯地想留住妻子、害怕别离,又因为女儿要开始新的生活而陷入困境。尽管他对妻子感情真挚,对女儿也充满了关爱,但妻子的灵魂和女儿的躯体融合在一起,生而为人的他并没有太多选择的余地。平介与直子离别的那一刻,放着他们第一次约会时听的松任谷由实的曲子,做最后的灵魂道别。

生活让很多事情难以简单地做个了断,尽管平介已经下定决心放手,他还是"跌坐在地上,用手捂着脸,声嘶力竭地哭了起来……"

《秘密》是东野圭吾创作转变期的重要作品,用"推理"的目光来看,故事并不复杂,讲述的也是爱情的执着和生活里的种种真诚与无奈,但因为妻子和女儿身份的错位,让爱情的执着与无奈更显得纯粹和难以决断。这部在东野圭吾经历十多年低谷之后的沉淀之作,融合了作家对爱情和生活本身的诸多体会,为了爱而守护秘密,为了成全而知而不语,"相濡以沫,不如相忘于明天"。

《白夜行》：没有太阳所以不怕失去

> 我的天空里没有太阳，总是黑夜，但并不暗，因为有东西代替了太阳。虽然没有太阳那么明亮，但对我来说已经足够。凭借着这份光，我便能把黑夜当成白天。我从来就没有太阳，所以不怕失去。
>
> ——东野圭吾《白夜行》

纵览东野圭吾的创作年表，整个20世纪90年代都是他形成自己风格的时期，一步步将推理和人性融合在一起，如果说《秘密》展现了这种融合里的平常情爱和生活温意，那么《白夜行》就展现了这种融合中的藏污纳垢和罪罚的真相。

在千禧年到来之时，东野圭吾通过这两部作品在两个方向上表现出了令人惊叹的功力。

《白夜行》在千禧年钟声来临前诞生，并和同期的几部作品共同成就了他在日本推理界新的高度。然而在小说的世界和小说世界所映射的现实世界中，有些黑暗无法被光明穿透不能把黑夜当成白天，何况在漫长的沉沦里黑夜是自己的创造——这就是雪穗和桐原亮司自己被毁灭也毁灭他人的世界。

《白夜行》是东野圭吾少有的让人感觉冷风飕飕的作品，但被很多读者认为是他文字世界的"无冕之王"。"只希望能手牵手在太阳下散步"，这种简单的梦想背后是童年延伸而来的庞大阴影，以及为了改变命运、征服社会而不断沉沦的犯罪乃至杀人。

在当年，马特·达蒙等主演的著名电影《天才雷普利》上映（1999年圣诞节首映）。出身贫寒的青年汤姆·雷普利应富有的造船商的邀请将他在意大利浪荡的儿子迪基劝回家。然而雷普利对迪基奢华生活无比向往，膨胀的欲望让雷普利最终决定取而代之，以对方的身份生活，并不惜杀人掩盖自己的秘密，最终在杀死爱慕自己的彼得后躲在船舱里再也无法看见光明。尽管雪穗和桐原亮司（尤其是雪穗）少年时代经历凄惨或目睹不堪，复仇的情绪导致了最初的犯罪，然而随后的杀人中仇恨就成了幌子，根本上是虚荣心在作祟，不过是为了在社会里快速地爬升罢了。就像雷普利一样，虽然他对迪基和彼得的爱也很真诚，但这并不能成为他想过上迪基那样的上流社会生活而一再杀人的理由。

白日如夜行

"每一个变态杀人者背后都有各种故事"，但牵连无辜就不必再听他们背后的故事。雪穗凭借桐原亮司这束光"把黑夜当成白天"，撑过了悲惨的童年。雪穗父亲的表姐——茶道、花道老师唐泽礼子收养雪穗后，培养了她令人倾倒的高贵气质，向着上流社会一步步攀升，似是童年的黑暗消失，白日终将来临。但因为"从来就没有太阳，所以不怕失去"，唐泽礼子的收养并没有拯救雪穗，反倒是雪穗因为不怕失去，让有可能穿透黑夜的亮光成为杀人的利剑，在白天也走出了黑夜的路。

无论法律还是道德，世界上没有一种准则说"被伤害过的人，有权利去伤害其他无辜人"，雪穗童年被母亲西本文代出卖肉体，一直遭受有恋童癖的桐原洋介的侵害，那种由生母带来的伤害让人万分同情。雪穗放任文代被煤气毒死；桐原亮司目睹生父的暴行而将其杀死，在日本的"仇讨文化"（讨伐尊者长辈的罪恶，虽然仇讨仍然会受到应有的惩罚，但肯定仇讨的荣誉，甚至受罚也是一种荣誉）里，是可以实行的，因为被讨伐的长者自己确实犯下了罪。

在日本"仇讨文化"由来已久，血腥的复仇与正义的坚守并存，隐忍时卧薪尝胆，复仇时不顾一切，进而延伸出为了复仇和生活而"稀松平常"地看待生死和犯罪的态度。"忠臣藏四十七武士"为了给受辱主公复仇，不惜杀死自己家人（免于影响自己的复仇）这样的事件已经成为日本文化的一种符号，从净琉璃、歌舞伎（净琉璃又称人形净琉璃或木偶净琉璃，是日本的一种专业木偶戏；歌舞伎是日本的一种民族戏剧。两者都是日本的古典舞台艺术），到现在的电视剧、电影，类似事件屡见不鲜。但最后一件被认可的"仇讨"是明治十三年（1911）的"臼井六郎事件"，该事件还在 2011 年被改编成电影《最后的报复》。

就像电影名称"最后的报复"一样，"仇讨"话语已经失去了现实空间，加上执着的侦探一直追查桐原洋介被杀一案，他们童年遭受的屈辱和为消除屈辱而犯下的杀人罪随时都有暴露的可能，童年时代的暗夜并未消失。而且他们在幼年就已经亲身经历的亲情、世情、人情的泯灭，已经内化成他们自己的某种行为认知，"继承"父辈母辈的阴暗，夜将尽但白日并未到来。

雪穗因为嫉妒自己的闺密川岛江利子被富家公子筱冢一成爱慕，设计陷害并拍了她的裸照，后来江利子嫁给了普通人。雪穗和高宫诚结婚，实则是为了步步为营向上流社会爬。

雪穗因为担心自己的过往被翻出，利用桐原亮司杀死了培养自己的养母。雪穗为了控制继女筱冢美佳，让桐原亮司强暴了她。最终，曾经在黑暗中的无助者就这样变成了主动的黑暗制造者。

桐原亮司的相伴和无条件守护，让雪穗暗黑的童年终于有了光亮，但在侦探锲而不舍的追查下，在自身暗黑心理的作祟下，他们无法像正常的情侣一样手牵手在阳光下一起走。他们童年的世界一片黑夜，而成年之后，又在一再的犯罪中迷失于黑夜，永远没有白天。

人道见鬼道

作为文明的代表，人类内在最不能接受的就是"禽兽不如"的评价。然而即使文明的世界，也无法杜绝人的一些原始动物本性的恶性膨胀，最终导致衣冠楚楚者犯下禽兽罪行，就像朗朗人道的背后是惨惨鬼道。

《白夜行》是一部时代感非常强烈的小说，东野圭吾甚至用当时一些知名的新闻报道来暗示具体时间，从 1973 年到 1992 年，小说时间跨度长达十九年。这一阶段也是日本泡沫经济崛起、鼎盛和破灭的时期，冲上巅峰又迅速跌入低谷，伴随的是"人道"中的情谊——亲情、友情、爱情的扭曲和"鬼道"中的罪责——杀戮、贪婪、个人本位的大行其道。

在泡沫经济崩溃之际，Satoru Ogura 和 Hideshi Hino 合作摄于 1985—1990 年间的"豚鼠系列"作品（1985 的《恶魔试验》和《血肉之花》、1986 年的《他不会死》、1988 年的《下水道的美人鱼》和《圣母机器人》、1990 年的《恶魔女医生》）也相继问世。该系列耸人听闻的血腥拍摄手法，一经问世就引起轩然大波。包括日本在内的所有国家都禁止公映。然而这些"地下电影"在日本国内的受关注程度甚至超过了同期引进的好莱坞大片，录像带（《血肉之花》）销售量也超过了同时引进的斯皮尔伯格的著名科幻电影《E.T.》。《血肉之花》和《下水道的美人鱼》在日本以录像带的形式发行后两个月就登上了畅销榜。这种电影的问世和畅销某种程度上反映了"泡沫经济"崩溃带来的人性扭曲心理有一定的普遍性，各种犯罪事件在当时频频发生也暗合了当时的社会背景。

《白夜行》中所有犯罪的起因都是少女雪穗的母亲由于经济崩溃后的家境窘迫，逼自己的女儿出卖肉体，让雪穗的心灵从此失去了阳光。此时的雪穗在庞大成人世界的侵蚀下根本没有抵抗能力。亮司亲眼看见父亲凌辱雪穗，对她那种难以释怀的愧疚让其愿意付出自己的人生，这种不顾一切地"赎罪"和"爱护"反倒成了雪穗的"生命之光"。

然而当他们第一次"以暴制暴"杀死桐原洋介后，在现实世界里就无法再回头，一次次新的犯罪和杀人，基本都是为了掩盖这个"祸根"，何况家庭的冷漠和社会的冷酷早已导致了他们人性扭曲，儿时的不幸一步步开出了"恶之花"。

正如编剧柏邦妮评价东野圭吾时所说："我最欣赏的还是他对恶的动机，那种孜孜不倦的探求，一直向灵魂黑洞最深处走去。他书写的恶往往不是凡俗的恶,而是一种提纯的、高智商的、有分寸的、肃穆的恶。那种恶最终会让人动容,和纯粹的善一样。"东野圭吾这部《白夜行》,是对人"恶"的一种审视。它接近人性的一面,也接近社会崩溃时灰暗的一面。

纯情里的爱情

桐原亮司是雪穗世界里的光,雪穗说:"我的天空里没有太阳,总是黑夜,但并不暗,因为有东西代替了太阳。"在笹垣润三看来,桐原亮司和雪穗就是"枪虾"和"虾虎鱼"的关系:"枪虾通常是盲的,一个枪虾会挖一个洞,然后一对虾虎鱼会游来同住,作为挖洞的回报,枪虾会受到虾虎鱼的保护,甚至得到食物。"然而他们的共生关系衍生出来更多复杂的情感。

桐原亮司因为目睹父亲对雪穗的施暴,心怀愧疚地接近和保护她,进而成为一种无条件的奉献,到最后宁愿自杀也要保护雪穗，这里面固然有一种源自生命深处的纯情。童年的不幸让他们"暗地"里相濡以沫，两人的爱情在种种细节里都可以看到：两人都读《飘》、桐原亮司桌上绣了缩写RK的布质杂物袋（雪穗制作的）、雪穗在大阪开的店名为R&Y（两人名字缩写）、亮司自杀用的剪刀是童年时就珍藏的……

只是亮司在雪穗的世界里只能默默地当"隐形人"，和她在一起就意味着可能被人发现他们的杀人行径。他们无法像正常的情侣一样享受自在的生活，无法手牵着手在太阳下散步。

桐原亮司最后用剪刀在雪穗面前自尽，而雪穗面对桐原亮司的尸体，却一次也没有回头，这往往被解读成雪穗其实并没有爱过亮司，只是在利用他。然而从童年开始，他们之间长达十几年的感情也并非虚假，实际上在亮司死去的那一刻，雪穗的灵魂也彻底如死灰了，转身上楼梯时"背影犹如白色的幽灵"，只是雪穗"从来就没有太阳，所以不怕失去"。

《白夜行》以日本"泡沫经济时代"的疯狂和崩溃为背景，在这种跌宕起伏里，金钱至上、人性扭曲在家庭"内闭"的环境里也不断发生，雪穗童年的不幸由其母亲亲手造成，这种绝望感的破解之法也是另一种无法回头的犯罪。作为东野圭吾"社会派推理"的代表作之一，《白夜行》用这样"从黑夜走向另一种黑夜"的绝望，在千禧年来临之际传达着一种隐忧：永远不要高估人性的善，永远不要低估人性的恶。

《嫌疑人 X 的献身》: 爱情不能承受之重

> 他压根没有想和她们发生关联的欲望，他认为她们是自己不该碰触的对象。同时他也发觉数学也是如此，对于崇高的东西，光是能沾到边就够幸福了。妄想博得名声，只会有损尊严。
>
> ——东野圭吾《嫌疑人 X 的献身》

《嫌疑人 X 的献身》可以说是最具有东野圭吾特色的作品之一，这部作品也为他赢得了包括直木奖和本格推理小说大奖在内的众多荣誉，直木奖评奖时称"他将骗局写到了极致"。该作品还经过各种影视改编，也成为东野圭吾流传最广的作品之一。在日本,《嫌疑人X的献身》引发的一场本格与非本格的论战,对日本推理界也产生了很大影响。这种论战,也意味着东野圭吾在"社会化"的道路上形成了为读者所认同的风格。

《嫌疑人X的献身》作为"伽利略系列"的第三本小说,延续了该系列的一贯风格,数学天才石神哲哉所设计的犯罪诡计有很精妙的"理科式"风格,尽管如此,众多读者还是更关注推理之外的"奉献一切的爱情"和女性命运。

就像东野圭吾所说,他创作小说时"通常是先设定主人公的性格特点,然后再考虑与之相适应的诡计",《嫌疑人X的献身》里的石神,他的痴情留给人的印象要远远超过他的诡计,成为一种爱情的代表。

极端是日本民族性格中强烈的色彩。本尼迪克特在《菊与刀》中说:"菊与刀,看似水火不容,实则相依为命,对于菊与刀意象的把握,即是对于日本民族心灵史的挖掘。举起刀杀人或剖腹，放下刀赏菊或游冶——如此截然不同的意境，不过是日本人民族性格的两面。"菊花与刀，共同构成了"向死而生，为死而生"这种生死融合的画面。这种"菊与刀"式的性格在爱情上也有映射，就像"阿部定事件"那样，石神那种纯洁又深切的爱情和为了爱情杀人献身也是如此。

源自崇拜的爱情

石神哲哉对花冈靖子的爱情不是简单的爱情，而是来自生命希望破灭之后，重燃起来的对美好的信仰。他对所爱之人有一种崇高的近似信仰的执着和珍视，也因为这种珍视而产生崇拜式的热恋——纯洁到不敢带给对方丝毫损害，他对花冈靖子就是如此。

在遇到花冈靖子之前，石神的人生十分被动，一开始就向着"心比天高，身为下贱"的道路走去，为了照顾双亲，半工半读的石神因为付不起学费只好退学，好不容易在有数学系的学校进行自己的研究，却得不到应有的重视。为了维持生计，石神无奈之下只好在高中当数学老师，整天面对着对数学毫无兴趣应付考试的学生。他的生活完全违背了自己的心愿和设想，只能在空余时间研究数学钻研难题。作为天才数学家，石神在这样的环境里很难在擅长的领域有所发展，觉得失去了存在的价值，甚至觉得自己死了也无人在意。

第一次见到靖子和美里母女时，在生活和理想中反复挣扎的石神正打算自杀。正在他把脖子套进绳索时，新住户靖子和美里登门拜访。虽然在靖子看来，这不过是一次邻里之间的普通交流，但石神却完全被如此美丽的眼睛所吸引，生命里重新出现了亮色，放弃了自杀。

他将对数学那种纯粹的爱恋转移到了靖子身上，求解数学的美感和靖子的美丽在他看来殊途同归。在他的世界里，赞赏和占有不能称为爱，因为崇高不该触碰，这就是他的爱情形式。

卑微到无力与世界相争的人对爱情甚至理想，怀有一种敬畏的热恋，就像石神看来"崇高的东西，能沾到边就已足够幸福，数学也是如此。妄想博得名声，只会有损尊严"。除此之外，靖子将石神从自杀中唤醒，"恩同再造"又赋予了他一次生命。所以石神对靖子的爱情是极为复杂而带有不可逆转的精神性。

当靖子与女儿失手杀了前来纠缠的前夫而向石神救助时，他为了让靖子母女脱身，设下巨大圈套甚至犯下命案将嫌疑转移到自己身上，献身替死。石神的孤独，一方面造就了他的冷静、理性，另一方面也让他内心隐藏着强烈的情感，这种分裂也延伸到了他的爱情上。选择用生命去献身点亮自己世界的爱情，但有多少人能承受起这种激烈的献身呢？当石神看到靖子自首，无法再保护自己心仪的女人时，他那种野兽般的咆哮，正是他内心爱情破灭导致的精神崩溃。

逻辑的尽头，不是理性与秩序的理想国，而是他用生命献祭的爱情。

生活里崩溃的女性

如果说对数学、靖子的那种极端热爱，源自石神哲哉的偏执个性，无论是爱还是设局杀人都有很强烈的"仪式感"；那么靖子对前夫的忍耐和投案自首的行为，就是普通女性的写照，代表一种现实生活里女性所面临的困境。

20世纪90年代的日本，告别"泡沫经济"的病态繁荣，进入了"失去的十年"，经济崩溃后是社会破碎和家庭破灭。"患难见真情"，人情在繁荣的时候或许还有众多消解的空间，但在崩溃之下，人性的扭曲和冷漠就开始暴露。

在泡沫经济虚假繁荣时，富樫慎二原本是彬彬有礼、具有优越感的工薪阶层，享受着虚假繁荣的"福利"，对花冈靖子母女也很好，如果不是经济形势急转直下他因为亏空公款被公司开除，他们很可能会一起度过一生。富樫慎二的性格有自私的因素，也许本可以不如此这样激烈爆发，但巨变让他陷入无业、无家、无亲人的境地，他不思悔改，而是与靖子离婚之后还一直纠缠，在浑浑噩噩和对前妻与女儿的压榨中变成无赖，混沌度日。

而他之所以敢不断欺压靖子母女来维持自己的生活，无非是在他没有实际犯罪行动之前法律无法保护靖子母女。靖子母女的痛苦来源于"女性弱势"的悖论——面对未构成犯罪的骚扰时不能通过社会和法律来有效地保护自己，只有被伤害被毁灭或者"以暴制暴"才能解除痛苦。这也是在经济崩溃、人性扭曲时"弱势群体"所面临的普遍悖论。

在花冈靖子的世界里，她无法用性别、妻子甚至是公民身份来赢得自己的地位。外在的世界对于处于弱势的她而言是一种侵入和破坏的存在，面对丈夫的纠缠不清、自己的陪酒女工作和石神隐忍不发的爱情，她并没有多少主动权，她唯一能够主动维护的就是自己的女儿。对前夫的隐忍主要是为了保护女儿，接受石神的帮助也是希望能够让失手杀人的女儿脱身。

她是生活中被动的受害者，但仍然保持着善良，来自原始母性的善良，这种美好其实在为了让女儿逃脱失手杀人罪前就已经长久存在，也正是这一点吸引了石神。她最终向警察局自首，是因为她可以忍受侵害，但无法心安理得地享受自己犯罪被掩盖后的平静生活，这就是弱势女性的一种命运之悲。

当看到花冈靖子自首时，石神发出了"野兽般的咆哮，咆哮里夹杂了绝望与混乱的哀号"，他的嘶吼仿佛是正在呕出灵魂，他无法把她从被伤害的境地里解救出来，也无法让她安然接受自己献身之后换来的平常生活，因没有出路而绝望。

推理外的现实

《嫌疑人 X 的献身》中尽管也有谜团的设置，但和一般推理小说的不同之处在于刚开始就将"谁是杀人犯、犯罪手法及犯罪结果"这三大推理要素展现给了读者。犯罪的谜底在侦探破案之前就已经知晓，汤川学和石神较量的动机和目的从故事开始不久就非常明了，石神的精妙的"骗局"也一直是以"展览"的面目呈现给读者。如此一来，关于"骗局"里的人性挣扎，就成了重点表现对象。

这种方式也给了东野圭吾全景式再现日本泡沫经济崩溃后现实社会的机会。大厦倾倒之下，怀抱理想的天才数学家、陷入困境的工薪阶层、深受伤害的弱势女性、无人问津的流浪者，均无法独善其身，每个人都有自己难以逃脱的"地狱"去面对。石神可以为了"爱情"去献身，但在生活无望、理想艰难的现实面前，他不惜犯下重罪去献身也无法改变现状，更无法拯救靖子母女，不顾一切地牺牲后，还是让"你如果不能得到幸福，我所做的都将白费"一语成谶。

也正是如此，"爱情"在一个凋敝和混乱的社会，有了"不能承受之重"。

《解忧杂货店》：选择就是听从心声

这么多年咨询信看下来，我逐渐明白一件事。很多时候，咨询的人心里已经有了答案，来咨询只是想确认自己的决定是对的。所以有些人读过回信后，会再次写信过来，大概就是因为回答的内容和他的想法不一样。

——东野圭吾《解忧杂货店》

从《秘密》开始，东野圭吾在社会推理的路上越走越广，也将推理和对社会、人性乃至心灵的反映延伸到了很多领域，就像东野圭吾自己所说："我写的都是自己感兴趣的主题，但由于我对许多事物都有兴趣，所以一路写下来，就变成了许多不同的作品。"在他的这些作品中，饱受煎熬的灵魂、身受摧残的童年、卑微者在社会里的绝望、人性因为欲望和重压导致的扭曲等"冷酷"元素"大行其道"。在这种"冷酷"里，无论怎样选择甚至寻求救赎，都很难得以解脱。

随着《解忧杂货店》的问世，东野圭吾再次拓展了自己的表现领域，将对社会和人的"审视"提升为实现生活与人的"和解"。没有犯罪，也没有不可调和的绝对矛盾，更没有泯灭人性的恶行，在平常生活的十字路口里是人间温情，即使有所羁绊也是为了心里的某种执念或更美好的人生。

浪矢解忧杂货店给出的答案都非常温馨，都以爱和家庭的和谐为核心目的，老板时时为自己建议可能导致的"恶果"而念叨揪心，甚至不惜关闭杂货店来审视之前给别人做的决定是否正确，这种博爱式的"解忧"正是东野圭吾给我们的精神礼物！

而这种"解忧"也并非简单的"慰藉鸡汤"，它没有成功学的功利主义，没有所谓真实生活的仪式感，更没有虚假的英雄主义，一切都来自人与人面对面时的真诚之心，这种真诚最终引导里面的人跨越了疾病、选择、苦难、别离等的困境，达到了有生命重量的解脱。这也是东野圭吾的小说在"社会派"上延伸出来的另一种提升——寻求人与人、人与家庭、人与社会相处的出路，通过精神上的和解最终实现与生活的和解。

解忧是抉择的回响

在解忧杂货店的世界里，其实最早身陷烦忧的就是年轻时的浪矢爷爷，他和皆月晓子私奔未能成行，深爱浪矢的晓子在他家乡附近创办了丸光园孤儿院，终身未嫁；浪矢则在晚年开了那家消烦解忧的杂货店。不完美的爱情烦忧伴随了他们一生，他们也为爱情做出了选择。

小孩子故意把浪矢（namiya）念成烦恼（nayami）。因为浪矢杂货店广告牌上"接受顾客订货"，孩子们说可以找他解决烦恼吗,浪矢开玩笑般答应了,然而没想到孩子们真的来找他解忧。

但是随着解忧的问题从乱七八糟的"让成绩单上都是五分"到严肃认真的"父母整天吵架怎么办",浪矢意识到即使孩子也有很多不为人知的烦恼。过了一段时间之后,甚至大人们也开始找他来解忧,这让风烛残年的浪矢对人生的体悟更深了几分,他用善良、关爱和宽容去解答,赋予了别人也给了自己独特的生命意义。

那么烦恼到底是什么?大约就是"内心破了个洞,重要的东西正从那个破洞逐渐流失",抉择其实就是补洞留住要流失的最重要的东西。

当浪矢解忧杂货店重新开门之后,五个不相关的求问者的问题实际上是五种人生的选择:

"月兔小姐"该实现向往已久的奥运梦想,还是放弃梦想陪伴深爱的身患癌症男友；"鱼店音乐人"该继承家族的鲜鱼店过安稳的生活，还是继续为自己的音乐梦而艰难探索；"保罗·列侬"在家庭巨变和披头士乐队解散后该和父母一直逃债，还是对未来抱有自己的希望；"迷途的小狗"为了报恩解决养父母的生活窘境该辞掉 OL 的工作当陪酒女，还是另谋致富途径……"烦忧者"在提出种种疑问时，其实在选择上就已经有了一定的倾向。向杂货店询问解忧，已经无一例外是对后一种选择更为认同，只是现实的矛盾让抉择的天平不停摇摆。在还没有充足的理由去说服自己时，他们更担忧的是做出了选择后依然是事与愿违的结局。

无论是浪矢爷爷还是小偷三人，在杂货铺里都品尝到了与自己经历相似的无助与苦涩。因为了解世界道路和人相遇本身的多样性，很多时候抉择并不是非黑即白，更不是非对即错。一封封寄出的回信，也是面对不同人生的一次次体验。答案只是意味着一种理解，一种克服选择困难的慰藉，一种对选择结果的美好预期。在一封一封信的交换中，小偷三人组在目睹别人的不幸和困惑中，在帮助别人的同时，也最终救赎了自己,选择去自首开始新的生活,这也是对自己的"解忧"。

未来是人生的回响

东野圭吾说他最喜欢用超越时空的方式来讲故事,他十分推崇美国现代科幻小说之父海因莱因的《进入盛夏之门》和筒井康隆的代表作《穿越时空的少女》。在日本文化语境里,现实、虚构、灵魂、鬼神之间并没有决然的分野,就像读者很熟悉的大江健三郎的《万延元年的足球队》和村上春树的《海边的卡夫卡》《1Q84》就是如此,并行的现实世界和超时空世界都成了一种现实。在日本文化里,对精神的肯定很多时候是和现实完全融合在一起的。

东野圭吾在《秘密》(灵魂和身体的置换)和《时生》(回到过去)中就已经运用了超现实因素,在《解忧杂货店》中,超现实因素的运用更为奇特——穿越的是"信"。在这样的时间穿越中,东野圭吾充分利用了误解,唤起了提问者内心的善和梦想，咨询人得以跟随自己的内心做出选择。

在解忧杂货店投递的咨询信，第二天在杂货店后面的牛奶箱会拿到回复。更为神奇的是在某一天晚上，未来和过去会在杂货店里连接：未来的感谢信件（"绿河的女儿"的感谢信）被送到杂货店前店主、已去世的浪矢爷爷处，让他心中的愧疚消解——绿河向浪矢爷爷咨询后决定生下女儿后却不幸在车祸中丧生，这并非浪矢爷爷的过失，绿河的女儿能够拥有成功的人生还要感谢浪矢爷爷鼓励绿河生下女儿。《来自天上的祈祷》则显示出另一种感人的力量。时间又一次回到现代后，三个小偷竟然收到武藤晴美（月兔）在过去的求助信件。三人清楚地知道过去二十年发生了什么，于是指点她摆脱陪酒女的命运。

无论怎样穿越，都是对某种人生选择的印证，在解忧杂货店的世界里，无论是对感性态的"情感"鼓励，还是对理性态的"想法"支持，并没有绝对的对和错，只是描绘了抉择后的另一种人生走向，让咨询者在优劣的权衡中肯定自己的选择。由此来看，解忧杂货店的存在就是在肯定自己内心深处渴望的人生。而这种人生其实在选择之初就已经在感性和理性的对垒里获得了认同。

怀揣音乐梦的"鱼店音乐人"（松冈），在追梦还是继承家业之间犹豫，因为当时音乐梦想前途渺茫而演变成"感性"和"理性"的对垒。松冈严厉的父亲看似对他的梦想不屑一顾，要他安心继承家业，但种种细节仍表现出父亲对他的默默支持（尽管并不理解孩子对音乐的梦想）。虽然松冈葬身于表演地丸光园的一场火灾中，但他的作曲《重生》却流传下来，他的音乐梦并未远去。

在小说的结尾，最不相信时间穿越的敦也走出杂货店，往信箱里投了一张白纸。他想试一下信会不会真的被送到过去。这张白纸正好在浪矢爷爷回到杂货店的那天晚上被发现，敦也后来也和其他投信的人一样收到了老人家的回信："你的地图是一张白纸，所以即使想决定目的地，也不知道路在哪里……换个角度来看，正因为是一张白纸，才可以随心所欲地描绘地图。一切全在你自己。我衷心祈祷你可以相信自己，无悔地燃烧自己的人生。"敦也最初并没有打算向浪矢爷爷询问什么，但这种回答无疑对他尚稚嫩的人生进行了指点，而这就像那些所有的咨询一样，在未来的某一时刻发出对现在的回响。

人生孤独，但又要走过漫漫长路。东野圭吾在回顾《解忧杂货店》说："如今回顾写作的过程，脑海中还常常在思索面临人生转折的关头该何去何从。"东野圭吾虚构的"解忧杂货店"就是人们渴望被指点、被认可的写照。梭罗曾说："如果我真的对云说话，你千万不要见怪，城市是一个几百万人一起孤独生活的地方。"世界这么大，如果有人愿意倾听心声，真是一件幸运的事。解忧杂货店的存在意义也正在于此，在倾听和回复中让讲述者直面自己的心声，做出属于自己的选择。

《虚无的十字架》: 难以完美的判决

即使死刑执行后也一样,心爱的家人被夺走的事实无法改变,内心伤痛也无法愈合。或许有人说,既然这样,不判死刑也没关系。不,有关系。如果凶手继续活着,'为什么他还活着?为什么他有活下去的权利?'这个疑问会一直侵蚀遗族的心。

——东野圭吾《虚无的十字架》

《虚无的十字架》于 2014 年问世,是东野圭吾作品里非常特殊的一部——集中讨论犯罪的救赎与死刑存废的问题。一般而言即使自然主义与批判现实主义这种与现实社会同步的文学,也很少会如此直接地讨论一种社会规范(如法律)所存在的问题和出路。如果说《解忧杂货店》里东野圭吾是选择相信人性本善而通过精神和解来决定在现实生活里的选择,那么《虚无的十字架》就是立足于理性分析而通过直观再现真实的法律和救赎的困境来思考人类社会的未来何在。

在这部作品里,关于犯罪的诡计已经简化成隐藏罪行,对遗族(死者的家族)是否公平、犯罪后能否被救赎、惩罚的实际功用等一系列在法律界争论已久依旧无法定论的问题。这个问题被东野圭吾拿出来讨论,对社会的反映更进一步。无论这部作品内外还是当代法制社会,这些问题依然不会有确切的答案,因为这在某种程度上涉及"人类尽头"的问题,远远超出了法律的范围。

其实早在《彷徨之刃》里,东野圭吾就已经发出了"法律保护的是受害者,还是凶手?"的疑问。当然,关于法律惩戒作用和力度的问题,矛盾已久。绫濑水泥杀人案中,四名罪犯中仅主犯被判处20年有期徒刑,出狱后包括主犯在内至少两人又走上了犯罪道路；韩国"素媛案"中，对 8 岁小学女生残忍实施性暴力的赵斗淳于 2020 在毫无悔改和有再次犯罪风险的情况下出狱。这些著名事件都引起了轩然大波。

东野圭吾的《虚无的十字架》延续了《彷徨之刃》中法律对罪犯惩戒作用的无力感，关于"死刑具有真实的意义，还是只是虚无的十字架？"的讨论，实际上也延伸为"法律如何才能公正惩治犯罪，如何惩治罪犯才能有救赎之行"的疑问。

虚无的十字架

小夜子的调查数据，说明了恶性犯罪案例的罪犯被释放后再次作案的概率——受刑人在出狱五年以内，再度犯罪回到监狱的比例接近五成。

杀害小夜子女儿爱美时，蛭川和男正在假释期间，这已经是他第二次杀人。他初次犯罪时是汽车厂的一名员工，把保养好的车子送回富裕的客户家时见富起意，杀死了客户夫妻二人。蛭川和男正被判无期徒刑，在狱中为了获得假释假意悔改，经过二十六年的牢狱生活后，被认定为已经悔改的他重新被放回社会。法律的关押惩戒并没有矫正蛭川这样的犯罪者的内心。在第二次杀人案审判期间，他之所以撤销了上诉，只是因为觉得活下去太累了，而不是真正认错悔改。在他看来杀人事件已经过去了，仅此而已，他根本不在意别人，也没有真正反省，死刑的判决面对这样的罪犯很无力，死刑对他反倒是一种解脱。对于这样的罪犯，判处死刑的最大好处只是让他再也无法杀害其他人。如果犯人并未把死刑视为惩罚，从未悔改，为何给他改过的机会？如果犯人有悔改之心，该不该免于死刑，给予重返自由社会赎罪和生活的机会？

对于遗族来说，凶手的死是理所当然的。站在死者的角度上看，死刑更是理所当然。然而，现代法律更深层的目的是维持社会秩序和劝人向善，这种复仇逻辑，是现代社会秩序所无法接受的。

救赎的十字架

小夜子生前在对偷窃瘾者进行调查时，接触到"偷窃瘾者"井口纱织。她得知了纱织成为"偷窃瘾者"的原因：在高中时期，年轻无知的纱织和男朋友史也共同杀死了他们刚出生的孩子，埋藏在青木原的森林里。杀死自己孩子让纱织背负了极大的罪责感，觉得自己不配再活在这个世界上，多次自杀未遂，只配吃偷来的食物，后来还沦为妓女。小夜子力劝纱织去自首得到解脱，但是纱织担心自首会牵扯到史也而犹豫不决。

与此同时，面对年轻时犯的大错，史也则努力通过拯救他人性命来救赎。他考上了重点医科大学，成为一名儿科医生，拯救了一条条罹患罕见疾病的儿童的生命。在去青木原森林悼念孩子的路上，史也还救下了寻死的孕妇花惠，并和她结婚一起照顾她腹中的孩子。

纱织虽然成为"偷窃瘾者",但这是因为杀人内疚导致的精神崩溃,至少也是一种赎罪的结果;史也更是一生都在不断弥补和赎罪。和那些被关进监狱但不思悔改的人不同,他们虽未被法律制裁,但背着十字架负重前行。对于那些未把制裁当成惩罚的人,即使死刑对他们来说也是虚无的十字架;对于这些自我赎罪的人,制裁就是如山一般的十字架。

迷失的十字架

作为遗族,小夜子尽管力主实行死刑,但随着调查的深入,自己也有了更深的认识。劝说纱织去自首寻求解脱时,她也并非真心想让其受到制裁。小夜子是除了纱织和史也二人之外唯一知道婴儿尸体所在的人,但作为杀人证据的尸体却不见了,二十年的时间还不至于让尸体化为泥土没有痕迹,极有可能是被小夜子挖走了。如此一来,即使纱织去自首,因为证据消失,纱织和史也很可能不会受到制裁。小夜子已经被他们的自责和救赎所打动,他们背负着真正的十字架,也实现了法律的深层目的——通过改造和救赎,让犯人重新拾起为人的价值。

但是这个"美好愿望"随着小夜子的被杀变得无力而缥缈。小夜子来史也家，和他妻子花惠谈话时，被只知道喝酒和向女婿要钱过日子的花惠父亲町村听到。町村认为女婿杀了年轻无知时生下的孩子，但并没有其伤害他人，如果去自首等于摧毁他女儿的幸福生活，为此他尾随杀了小夜子来隐瞒女婿当年的罪行，并主动自首试图来证明他自己所宣称的那种所谓的关爱女儿。女儿花惠知道史也年轻时杀死了自己的孩子的真相后竟然觉得高兴，认为史也正是为了赎罪才这么照顾自己，这是上帝安排好的，是上帝在眷顾她。花惠哀求小夜子不要告诉警察，也仅仅是为了自己能够接着在史也的照顾下生活，但她根本不能理解史也内心那种沉重的负罪感和为此进行的自我救赎。

町村的谋杀，让史也的救赎和小夜子的努力都付诸东流，背负十字架在救赎的尽头变得虚无迷失起来，并不遂人心愿。

小夜子的前夫中原在调查得知事情的真相后，找到史也希望他做出选择，无论史也自首或者不自首他都会保守秘密，而且还将史也做出的决定当作小夜子一直寻找的正确答案。对"死刑是不是虚无的十字架"的问题，于这些遗族甚至世界而言，还是没有答案。

史也说："我知道自己错了，用谎言来掩盖谎言，对任何人都没有好处。虽然我知道这个道理，但我觉得背负着谎言活下去也许是另一种承担责任的方式。"当凶手已经背负沉重在赎罪的时候，当监狱并没有起到改良作用的时候，死刑陷入了双重的迷失，也许人终究无法做出完美的审判。

诺贝尔奖获得者泽尔腾曾提出著名的"激励悖论"，在他的这个悖论里"长期来看，犯罪率与犯罪受到的处罚无关，减少死刑不会导致犯罪率上升，增加死刑也不会带来犯罪率下降"，这也是死刑废除与否的矛盾所在。东野圭吾在接受关于《虚无的十字架》创作访谈时说："人性的独白、社会的炎凉，这些都是人类永远需要关注的命题。"正是因为这些东西永远没有确切的答案，所以才要永远关注。

东野圭吾对法律话语下人的问题的关注和日本社会有着密切关系。长久以来，日本都是极权制度和规范化的社会，但是"犯上"事件却又屡屡发生；义理、人情、荣誉等在让人约束自我行为时，往往又成为法律的对立面甚至高于法律的存在，甚至人们对法律的敬畏很多时候屈居其他因素之下。日本《刑法典》自1907年颁布以来，在相当长的时间内很少进行修改，日本刑事法学家甚至称日本的立法机关"像金字塔一样沉默"。同时，尽管法律条文越来越细化和规范，但和现实的冲突依然屡屡发生，最著名的莫过于日本频发的"少年犯罪"问题，当遇到绫濑水泥杀人案和酒鬼蔷薇圣斗事件这样的恶性犯罪，1923年就制定的《少年法》反倒成了纵容犯罪人的存在。正反两面，对法律实际功用的怀疑和希望法律能进一步严厉惩治犯罪的期望就成了人们心中的矛盾。如果罪犯不知悔改，死刑就只是虚无的十字架；而如果罪犯尚未被制裁或者接受法律制裁时心怀愧意并为自己的罪行而尽力弥补，他们就背负着真正的沉重十字架。

虚无的十字架和沉重的十字架,都是真实的存在。

值得注意的是,尽管有《虚无的十字架》这样充满反思性的作品问世,日本的文化界对于犯罪的导向却令人担忧。大量充满血腥暴力、少年犯罪的漫画作品被出版和搬上荧屏。更有甚者,出版商为了牟利,还大量出版了杀人案罪犯的自传性作品,实则是"变相宣扬犯罪"。2004年福冈县连环杀人案中的北村孝纮出版了《我们一家都是死刑犯》的狱中手记;2007年强奸杀人犯市桥达也在狱中出版了《被捕前空白的2年零7个月实录》,其在日本甚至还有很多"应援团";2008年在秋叶原造成7死10伤的加藤智大在被判死刑后出版了手记《解》,他也有很多狂热模仿粉丝。另外《消失的一家——北九州连环监禁杀人事件》《杀人是怎么一回事——一个无期徒刑犯的告白》等这些杀人犯的出版物也是轰动一时。这些出版物某种程度上就是在变相教唆"干惊世骇俗的杀人勾当"。

更令人吃惊的是,臭名昭著的少年犯罪"酒鬼蔷薇圣斗事件"的凶手"少年A"在2015年出版了《绝歌》，记录了自己的犯罪经过。从该事件发生到书的出版还不到二十年，由于《少年法》的保护，凶手冠冕堂皇地用匿名方式写作，但关于被害人的信息却全部都用真名，被害人的家属们不得不承受该书出版带来的"二次伤害"。而且他还对曾经拒绝出版该作品的幻冬舍负责人大肆辱骂，也没有对被害人及其家属表示歉意或者悔改。在《少年法》保护下，没有被判死刑的杀人犯不会被人知道真面目，最多二十年后就可以重返社会，这些所谓的"著作"还为他们带来了一大笔版税，转身又成了"人生赢家"，不禁令人痛心。东野圭吾在《虚无的十字架》里反复寻找"死刑"之外是否更有对犯罪的救赎之路，在《彷徨之刃》关于"少年犯罪"的思考与反思，这种良知也是其令人钦佩之所在。然后就在《少年法》引发的对"少年犯罪"的"彷徨"之时，在《虚无的十字架》探究"犯罪"与"救赎"的矛盾出路时，这种不好的导向也说明了社会中人性丑陋的顽疾在作祟，救赎依然任重而道远。

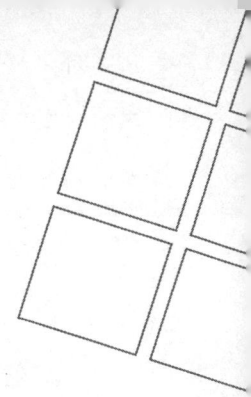

Chapter 6

镜头里的
千面透视

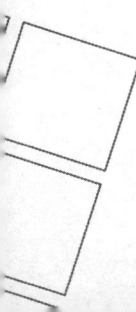

"东野圭吾"热的出现，与其小说的影视化有很大的关系。无论是日本还是韩国、中国、法国等国家，东野圭吾小说的改编作品纷纷登上荧屏。纵览文学史也可以看出，一个小说家的地位高低，确实和他的作品改编的多寡成一定的正比关系。东野圭吾的作品被大量改编，某种程度上也说明了他的小说确实有很高的水准。在改编的过程中，很多影视爱好者、演员粉丝也关注到东野圭吾，转化成他的小说读者。

读者和影视爱好者也是一个双向转化过程，看过东野圭吾小说再去看相应的影视改编，会更容易理解剧情，何况有很多人本身就是东野圭吾小说和改编影视的"双料爱好者"。影视改编也代表了对东野圭吾小说的一种解读剖析，成为呈现出来的"第一读者视角"，将对东野圭吾的理解从"案头文字"转向了"眼前形象"。影视的表现手段相较小说也更为丰富和具有冲击力，将东野圭吾小说里的社会写实、爱情纠葛、人性百态更直观地表现出来。人生如戏，一场场的开幕落幕也让我们对东野圭吾和他的文学世界有了更多品味。

新之面孔：不得不说的秘密

高中时代的东野圭吾，也是个"电影迷"，经常光顾学校附近的电影院，沉迷于日本的怪兽电影，高一时因《龙争虎斗》引发的"李小龙热"，还燃起过他当导演的梦想，甚至在学校文化节放映了和朋友拍的"傻瓜片子"。等进入大学，虽然东野圭吾早就放弃了成为电影导演的梦想，但依旧对此念念不忘，觉得自己也许能成为编剧。东野圭吾就读的是电子工程专业，和电影毫无关系，但还是读了一些相关的书，为将来当编剧打基础。可惜在大学东野圭吾最后也"晃荡"起来，并没有坚持下去，也彻底告别了电影之路。

等到东野圭吾的小说流行起来之后，这些天然故事性强、悬念丛生的推理小说，因为改编潜力大为电影人所热爱，东野圭吾的小说又注重深挖爱情、亲情等感情要素，或者深刻再现日本社会的焦点问题，更容易拓展电影的表现深度，这对于影视改编来说无疑是非常好的。

东野圭吾作品的影视化开始很早，获得江户川乱步奖的作品《放学后》在 1986 年就被改编成电视剧在富士电视台播出，由山下真司、志村香、远藤由美子主演。不过它影响不大，鲜为人知，脚本也是内田贤治导演自己编写的，和东野圭吾的小说出入很大。

《秘密》宣告东野圭吾结束十多年低谷强势归来，巨大销量背后众多读者的力捧、《国王的早午餐》节目的造势、小说本身奇特的爱情伦理故事，迅速吸引了电影人的眼光，这部作品刚发表便不断有影视公司洽谈改编事宜。虽然东野圭吾未能走上电影道路，但他认为年轻女性角色突出的小说更受影视改编者的青睐，这种论断还是十分准确的，《秘密》就是如此。东野圭吾对影视的敏感还不仅如此，在《秘密》改编时，为了便于电影呈现，把主角由父亲变为女儿，把女儿从小学到高中的成长直接简化为高中生生活的想法，也和电影最终呈现不谋而合。从这一点上说，东野圭吾还真有当编剧的潜质，不过作家当编剧也并非那么轻松，大名鼎鼎的菲茨杰拉德虽然写出了《了不起的盖茨比》《夜色温柔》等杰作，但在好莱坞当编剧时却做得一塌糊涂，一本成功的剧本都没有，也是电影界一大逸事。

虽然《秘密》的责编说多达三十家公司提出了改编意愿，但真正实现起来还是非常有难度，就像东野圭吾所说，影视计划"有百分之九十九的可能实现不了"。即使在好莱坞也是如此，美国电影编剧协会在2012年收到了多达25000个剧本，但在全球著名编剧、美国电影编剧协会名人堂成员悉德·菲尔德看来，具有拍摄价值的不过三四百部。

最后TBS电视台"信心十足"地找到了东野圭吾。间濑先生信誓旦旦地说请泷田洋二郎执导，齐藤宏改编剧本，并已经确定由广末凉子主演，还信心十足地说在暑假拍摄完后

(广末凉子当时还是学生,她因为拍摄很少去上学被媒体大肆炒作,暑假拍摄可以避开这个风口)一个月就上映。这种"狂妄"的口气让东野圭吾顿时觉得心里没谱,即使间濑说98%已经确定了但东野圭吾还是悲观起来。

直到东野圭吾亲自看到剧本,才相信《秘密》的改编真正在走向现实。作为第一部自己真正参与改编的作品,曾经怀揣电影梦的东野圭吾也动了不少脑筋。除了对剧本改编的设想外,他对演员的挑选也进行了思考,比如他曾设想由出演《无家可归的孩子》的安达祐实来扮演小学生时候的藻奈美,但这与高中生时候的藻奈美的形象就有些出入。最后是让广末凉子还是深田恭子主演藻奈美,东野圭吾和各家影视公司的判断也是惊人的一致。

当时已经具有很高人气的广末凉子最终成为出演藻奈美的人选,也让东野圭吾倍加欣喜,觉得借广末凉子还能顺便提升自己的人气。东野圭吾曾经跟《文艺春秋》(东野圭吾合作的出版社)的人说过"杉田平介这个角色让小林薰演不错",结果当他看到演员表时,男主果然是小林薰(后来小林薰在2009年还主演了知名度很高的《深夜食堂》)。而演母亲宿田直子的是岸本加世子,她后来还凭借在《秘密》的出演获得了日本电影学院奖最佳女配角奖,她的代表作还有《菊次郎的夏天》和《花火》,熟悉日本电影的读者想必也不陌生。

广末凉子是日本当红女演员,她出道非常早,14岁的时候接拍广告,主演了《秘密》《入殓师》等著名电影、《龙马传》(2010)等大型历史剧、《圣女》(2014)等电视剧作品。尤其是夺得第81届奥斯卡金像奖最佳外语片的《入殓师》(2009),因为题材新颖、演绎精湛而让她享有盛誉。她可爱的笑容和到位的情感表现加上正当的年纪(2000年时还是学生),也确实非常适合主演《秘密》里的女儿藻奈美。

让东野圭吾没有想到的是,制片人间濑先生请他本人客串参加演出!对于在采访镜头前向来"表现不佳"的东野圭吾来说这简直就是开玩笑,他一口回绝了。后来间濑告诉他可以选择演"寿司店的客人"或者"一个大学教授"。寿司店的客人没有台词，只要坐在广末凉子和小林薰旁边吃寿司就行，露个脸就行了；大学教授则要上台讲话，有一些戏份。乍一看是寿司店的客人好演，但东野圭吾因为这个角色要露出怀疑两人什么关系的诧异表情而"知难而退"，选择了说话"呆板"的医学院教授！东野圭吾本来以为读读台词就可以，后来发现要都背下来，又打起了退堂鼓，后悔没有选择演寿司店的客人，不过在大家的恳切"拜托"和鼓励中东野圭吾还是顺利完成。演完卸妆时，广末凉子小姐夸赞东野圭吾说："您演得可真好！"不管是出于真心还是客套，东野圭吾又庆幸起来——心里默念"还是选择了有台词的角色好啊"。

　　由于有自己的戏份，东野圭吾还体验了不少《秘密》拍摄生活，无论是对剧本的改编、演员的调配还是后期剪辑，都有了很多了解，也体会到了电影演员的诸多辛苦。《秘密》电影最终于1999年9月25日在日本上映，比间濑先生"吹嘘"的8月份上映晚了将近两个月，不过这在电影界说到底也不算什么。

尽管和《秘密》电影改编打交道更多，在东野圭吾看来《秘密》的电视剧改编（2010 上映）还是更好一些。东野圭吾认为当时只有 17 岁的志田未来（1993 年出生的"90 后"）演技"好得可怕"，而饰演平介的佐佐木藏之介也是他非常喜欢的演员。

《秘密》的改编对东野圭吾来说意义重大，这是他的小说第一次被搬上荧幕，和他的图书形成了良性互动，更多的人认识了这个目光敏锐、更善于刻画人物的推理小说家。由于《秘密》之后东野圭吾一直保持着高品质、高产出的状态，他的众多小说也成为电影人眼中广受欢迎的"富矿"，被竞相争夺开采。电影《秘密》确实为其作品的影视化改编开了个好头。

命运之绳：东野圭吾的宿命交错

> 我自己也衷心期盼，能够和美佐子心灵相通。和她在一起的时间越久，这个念头就越强。可是，在这种心情之下，我没有自信能继续保守秘密。我害怕自己可能对她说出一切，以得到解脱。我把房门上锁，并非为了不让她进去，而是为了防止自己逃到她身边。
>
> ——东野圭吾《宿命》

尽管《宿命》问世要远远早于《秘密》，但《宿命》的电影改编却落后于《秘密》，在2004年底才上映。这部作品和电影改编的得失，对东野圭吾来说，都是意义非凡的。转型的风险和成功的积累,其中的辛苦也或许只有东野圭吾本人最为清楚。尽管从文学小说意义上说《宿命》也是东野圭吾的代表作品之一,但实际上这部确实是读者较少提及的作品之一,改编电影的流行程度也远不如《秘密》《嫌疑人X的献身》《白夜行》这些知名作品。

在东野圭吾看来,《宿命》是其创作生涯中最重要的作品。这部作品初版于 1990 年,正是他十年困顿的中间阶段,距离《名侦探的守则》的出版还有六年,距离《秘密》的出版还有八年。在这部作品里,他开始更多地关注复杂的社会问题,探讨人性的摇摆,但同时依然保留了诡计为核心的创作痕迹,艰难地进行转型。时至今日,回望这种转型还是非常成功的,等《秘密》问世,这位"人性作家"彻底完成了自己的风格变化。

那时的东野圭吾,只是偶尔出现在某些推理奖项的入围名单中。《宿命》这部转型期的作品,相比《秘密》《嫌疑人X的献身》这些成熟的"人性作品",无论是感情心理描写还是人物性格刻画，都是"稍嫌稚嫩"了，如果不是诡计和结尾的神奇转折，这部作品或许会被淹没在东野圭吾繁多的小说中。

但这并不影响东野圭吾认为这是他"最重要的作品"，世人往往更易簇拥光芒而忽略前进路上的坎坷和孤独（当然，从读者角度看这也无可厚非）。这部并不成熟作品，和他早期的许多作品一样以诡计为核心，甚至有言"千万不要先翻开最后一页！不读到最后的十页，不能体会《宿命》的真髓！"但"十字弓杀人"的诡计套路并不算特别新颖。《宿命》的结尾固然让人非常意外，正如东野圭吾自己所说："读《宿命》，绝对不要先看最后的部分。我最喜欢的部分，就是暗藏在最后一行的意外。"但这种结尾也有太强烈的刻意安排色彩，仅仅从瓜生晃彦嘴中说出一个惊人的真相，意外也就真的只是意外了。

不过正是从《宿命》起，东野圭吾的创作视野开始更多地转向社会和人性。宿命的偶然和必然本身就是一个令人唏嘘不已的话题，何况缠绕上相遇的离奇和背后的社会利益、人性良知。

勇作、晃彦这两位少年时代的"宿敌"竟然是孪生兄弟。但从一开始命运就"捉弄"他们：晃彦被领养进入了上流社会，勇作则被贫穷的警察收养。这种不同也逐渐甚至极大地影响了他们的未来，领养勇作的警察生病早逝，让他不得不放弃理想，在高中毕业去读警校当了警察。由此勇作和晃彦从小学角逐到高中的命运也就此作结，"家庭"的差异，让一直"屈居第二"的勇作失去了继续角力的机会，甚至勇作的高中女友美佐子最后还成了晃彦的妻子。这是属于勇作"第一层的宿命"。然而宿命并未到此而止。后来勇作参与了调查与晃彦家族企业有关的杀人案，发现一个惊天大秘密：包括美佐子的父亲在内的瓜生工业人员之前进行一项以活人为实验对象的隐秘军事研究，须贝上任后要重新启动该项目，饱受良知折磨的晃彦为了阻止这项非人道的研究不得已谋杀了须贝；而晃彦当初学习脑科学也是为了拯救被实验伤害了的人，替父辈来赎罪。这是属于晃彦的"第二层的宿命"。这两种宿命之外,晃彦的宿命牵涉了各色人物与复杂的社会争斗。虽然最后勇作略带戏谑地问谁先出生的,但无论谁处于哪个位置,似乎都无法改变背后的庞大社会关系的指向,还是会上演一样的选择和结局。

  东野圭吾所构建的这个"宿命"世界,相比他早期的作品视野广阔了许多。在《秘密》及其改编的电影成功之后,这部既有对成长宿命的描绘又有社会观照的作品被最早"翻出来"拍成电影也就不足为奇。2002年到2005年之间,除了《宿命》外,东野圭吾的几部新作被密集改编:《湖畔》2002年出版,当年就被拍摄成电影;《绑架游戏》2002年出版,2003年被拍摄成电影;《时生》2002年出版,2004年被拍摄成电视剧;《信》2003年出版,2005年被拍摄电影。《湖畔》这部刚出版就改编的电影不够流行,《宿命》这部"翻出来"的改编作品正好赶上东野圭吾新作被密集改编的时候,话题热度与时间的倒挂让它并没有获得很大关注也在情理之中。

《宿命》电影改编表现一般，也和这部"转型期"作品的"实验性"有关。东野圭吾在这部作品中，突出人物命运和背后的社会因素的同时，又延续了本格推理那种"精巧"的设计，过于"巧合"的精巧设计反倒一定程度上降低了读者的共鸣心理。对于宿命的设计上，虽然勇作、晃彦兄弟的"泾渭分明"有助于营造命运的无常感，但并没有"小鱼儿与花无缺"孪生兄弟那种内在的交融感，这让他们之间最后的命运纠缠也显得刻意了许多。至于军方秘密试验的大情节，尽管有助于反映社会利益的纠葛，但在逻辑上还是太过离奇，一则如果真有如此反人道的军方试验，必然保密为上，至少不会与晃彦这类家族企业有太深的瓜葛，更不会让晃彦及妻子知道那么多内幕，也不会让勇作这样的小警察查得明明白白。这些在电影呈现上也造成了一定困境。

从《宿命》开始，东野圭吾在不断尝试和转型，既有在推理本身技法上的创新（《恶意》《谁杀了她》《雪地杀机》等），也有推理题材的质疑和反叛之作（《名侦探的守则》《毒笑小说》《怪笑小说》《黑笑小说》等），更有表现人性心理和社会现实的力作(《秘密》《白夜行》等)。而第三种尝试不断取得成功,《嫌疑人X的献身》问世,象征着东野圭吾式的社会推理小说彻底赢得了自己的地位。在这个过程中东野圭吾也以《宿命》为开端完成了"医学三部曲":1990年的《宿命》,1991年的《分身》,1993年的《变身》。

《宿命》电影的改编和同时期《湖畔》《绑架游戏》等新作的电影改编没有取得特别成功的效果,也一定程度上影响了东野圭吾作品的影视化进程。首先,此后的小说改编更多集中在他的知名作品上;其次,那些彰显人性和社会矛盾、情感和命运抉择的作品更受青睐;最后,改编更加注重商业化的包装和"厚积薄发"的精细制作。尽管《宿命》并不是东野圭吾最著名的作品之一,但无论是小说创作还是影视化改编,其对东野圭吾的影响都是不容忽视的。

少年犯罪：彷徨之刃的困境

少年法并非为被害人制定，也不是用来制止犯罪，而是以少年犯罪为前提，为了拯救他们而存在。从这些法律条文当中无法看见被害人的悲伤和不甘，只有无视现状的虚幻道德观而已。

——东野圭吾《彷徨之刃》

于 2004 年出版的《彷徨之刃》，是东野圭吾作品中非常特殊的一部，它直指日本社会广为诟病和引发巨大争议的"少年犯罪问题"。在日本文化里，血腥和暴力并不是陌生的元素，但其向少年领域的延伸却在其他文化语境中鲜见，像

2010年后,针对青少年的日漫中就有非常直观地表现少年犯罪的《少年犯之七人》(安部让二著)和《少年犯罪事件簿》(铃木温著)这样的作品。现实中,惨无人道的少年犯罪事件也是屡屡上演,1988年的名古屋情侣杀人事件、1989年至1990年的绫濑水泥杀人案、1997年的酒鬼蔷薇圣斗事件、1999年的福田孝行杀人案(日本第一个未成年判死刑的案例)等臭名昭著的少年犯罪事件,每次都引起了巨大争议。虽然在震惊世界的绫濑水泥杀人案后,日本对《少年法》进行了修改,对未成年犯罪人的惩戒力度有所增加,但少年犯罪依然是日本社会的顽疾。

东野圭吾的"社会目光"也延伸到这一领域,从《彷徨之刃》到《虚无的十字架》,他一直在寻求"法律惩戒"和"犯罪救赎"的平衡和出路。相较成人犯罪,少年犯罪的更大困境在于其往往对犯罪并无意识,毫无悔改之心,让《少年法》"对少年的身心健康给予特别保护,以预防其再犯罪为目的"的初衷难以实现。

少年犯罪就像《太阳的季节》里说的:"对他来说,最重要的事是是否做了自己最想做的事。……因此他从未责怪过自己做了'坏事'。所以在他的词典里没有'犯罪'一词。"著名的"酒鬼蔷薇圣斗"在犯罪过程中写给警察的挑衅信里直言"现在,就是游戏的开始……",而《少年法》面对这样的矛盾情形,不仅对犯下残酷重罪的少年犯量刑轻微,而且不予公布其姓名和身份,甚至被害人家属都无从得知,他们日后走向社会又成为"定时炸弹"。

面对"法律无法真正伸张正义"的问题,《彷徨之刃》和"赫尔克里·波洛系列"大名鼎鼎的《东方快车谋杀案》一样,采取"法外施刑"的同态复仇方式。在此选择下,当法律无法真正伸张正义时,受害人或者第三方是否可以违背法律伸张正义就是一道严酷的选择题了。

不同于《东方快车谋杀案》认同了"法外施刑"(大侦探波洛在费力调查清楚十二位乘客集体私刑杀死了卡塞蒂后,并没有向当地警方讲述事实),日版的电影《彷徨之刃》对小说进行了较大改动，依然保留了私刑寻仇与法理争议之间的复杂矛盾，"少年犯罪"还是一个难以破解的局。虽然电影里对法制不健全和矛盾之处表示了愤懑，但并未认可同态复仇的选择。

日版《彷徨之刃》电影的改编，降低了少年犯罪的阴谋和主动程度，弱化了少年之间那种令人毛骨悚然的人性缺失，并重点突出了"悬疑"因素，还放大了实施报复的父亲的内心矛盾和警察的矛盾抉择，以此来降低"少年犯罪"的残酷程度，也减弱这一旷日持久的社会问题引发的民众焦虑。这一考量无疑是迎合了电影希望"和解"的惯例和"趋向光明"的渴望。如果类似《杀人不分左右》那样，赤裸裸宣扬父母用更加残暴的方式来惩罚杀死女儿的恶棍，或者如《我唾弃你的坟墓》里的血腥复仇，这部电影可能就真的变成"禁片"了。

日版《彷徨之刃》电影和小说故事整体一致，初中生长峰绘摩被三个不良少年菅野海二、伴崎敦、中井诚当作新型迷药的试验品绑架,还被强迫吃下过量的毒品,在被凌辱时毒发身亡。绘摩的父亲长峰重树在看不到凶手被绳之以法的希望后,决心自己为女儿复仇。

但就如刚才所说,电影在情节上的残酷程度弱化了很多。主犯菅野海二作为性犯罪的惯犯,侵犯绘摩前已数次作案。蹲点跟踪、寻找猎物、绑架计划周详,有很强的目的性,但电影弱化了周密和令人胆寒的计划,来减轻人们对"少年犯罪"的恐惧程度(在《少年法》的宽恕下,有计划的强奸杀人犯结束教改回归社会,更加令人恐惧)。

中井诚在电影中性格的改动也是如此,虽然他原本就是被胁迫参与,中途借故离去并未参与菅野和伴崎对绘摩的暴行,甚至给长峰重树打了告密电话,供出了菅野和伴崎,好似良心未泯。但实际上中井诚的告密私心很直观,目的就是让重树杀死二人让自己摆脱追杀。重树用刀捅了伴崎后,实际上伴崎没有当场死去,中井诚进屋时他明显还活着,但眼睁睁看着他死。这种阴险狡诈实际上十分残忍。但是电影改编中,将中井诚的羸弱性格和菅野对他的控制放大,成为没有选择余地的胁从犯。

与此同时,电影加强了"彷徨"的困境和情绪,在长峰重树和警察身上都是如此。长峰重树复仇的目的也被更改了,他与织部的最后对话,显示出他甚至完全不想复仇,使得"法外施刑"与法律的矛盾,变成了一个继续维持《少年法》良好愿望(实现拯救少年犯的目的)的结局。他那句"对他们的惩罚不应该是死亡,而是面对死亡的恐惧",直接将复仇变成了拯救。甚至为了"让菅野接受教育",故意用猎枪抵着菅野让他感受到死亡的恐惧。最后长峰重树并没有射杀菅野反而被警察打死,也成了"圣徒"式的形象。这不禁让人想起《告白》里,森口悠子用一个假的爆炸计划(让毫无悔改之意的渡边修哉意识到,自己原本安放在学校礼堂的炸弹被森口悠子拿给了他母亲,在渡边修哉摁下开关后母亲被炸死。实际上森口悠子并没有这么做)来让渡边修哉体会到"丧母"带来的最美好的东西被摧毁的痛苦(对于森口悠子来说是小女儿,对于渡边修哉来说是母亲)。森口悠子试图唤醒渡边修哉和长峰重树让菅野接受教育的行为如出一辙。

　　在警察方面，电影借织部完全同情长峰重树来突出警察的正义感，但在小说里他内心一直非常矛盾。织部甚至提出了"警察是什么？我们警察不是保护市民，保护的是法律本身吗？"的疑问。织部打电话告诉长峰重树有关菅野的动向，而真野在猜到是织部这么做后说："我们的工作不是开枪射长峰，而是要阻止长峰做错事。"于情于法上双向突出了警察的正义感和责任感。

　　但是日版电影《彷徨之刃》还是很好地保留了日本"少年犯罪"这一社会顽疾引发的"彷徨"，再现了东野圭吾这一部社会化小说对其的关切。《第八日的蝉》《关于莉莉周的一切》《坏孩子的天空》《害虫》《大逃杀》《告白》……看看这些数目繁多的反映"少年犯罪"的电影，就能理解东野圭吾对这一问题的关注在日本有多么深厚的社会背景。织部质问真野说："难道我们警察只能给菅野那种人重新做人的机会，却去剥夺长峰这样受害者的未来吗？"真野只能异常沉重地说:"长峰已经没有未来了。"最后真野还出于警察的责任将长峰重树射杀。这一结局也说明了"彷徨"的不只是长峰和警察,更是《少年法》的实施。一部有着良好初衷、充满救赎的法律却在很多时候发挥不了应有的作用,其中的悖论与无奈,既是东野圭吾的,也是广大读者和观众的,更是日本社会的。

祈祷落幕：再见加贺恭一郎

> 渴望幸福的帷幕一重又一重，但当真相公之于众的那一天来临之时，幸福的帷幕终将落下。而那些娇艳绚丽的花朵，也终将化作血色残红，在爱的彼岸坚强盛放，点燃不死的灵魂之光。
>
> ——东野圭吾《祈祷落幕时》

在东野圭吾目前的小说中，出现最多也非常具有代表性的侦探角色就是加贺恭一郎。在他第二部作品《毕业：雪月花杀人游戏》中，作为大学生的加贺恭一郎就已经是书中重要的角色，可以说加贺恭一郎也是东野圭吾推理小说世界最早的"侦探家"。后来他还在《沉睡的森林》《恶意》《谁杀了她》《我杀了他》《再一个谎言》《红手指》《新参者》等中推理办案。在《新参者》中,他被调到东京日本桥警署,成为读者口中那个"永远买不到人气鲷鱼烧"的警官。

东野圭吾在2013年出版第十部"加贺恭一郎系列"《祈祷落幕时》(属于"新参者"小系列)。该作品的改编电影于2018年1月27日在日本上映(2019年4月引进中国),阿部宽对媒体表示这将是他最后一次饰演加贺,还请来松岛菜菜子来饰演片中的犯罪嫌疑人,两大超人气组合同台飙戏,也吸引了众多观众。"加贺恭一郎系列"作品数量庞大,无论是电影还是电视剧改编,阿部宽都是"加贺"的御用演员。阿部宽饰演加贺,最初是在2010年的电视剧《新参者》中,其后他又出演了《红手指》《麒麟之翼》《沉睡的森林》等多部剧场版电影。阿部饰演的"加贺"非常经典,这和他对侦探剧的得心应手不无关系。作为日本影视界备受推崇的"神探形象"代言人,阿部宽冷峻的面庞、坚毅而深邃的眼神、高超的演技都给他的出演加分。在海堂尊的"医疗推理系列"

的《白色荣光》《染血将军的凯旋》中，阿部宽饰演了厚生省"神探"；在导演京极夏彦的"妖怪推理系列"的《姑获鸟之夏》《魍魉之匣》中，阿部宽出演侦探榎木津礼二郎。阿部宽在日本电影界是公认的"神探气质"演员，东野圭吾的"加贺恭一郎系列"邀请他出演，也是众望所归。

　　作为一部充满温情的小说，《祈祷落幕时》在改编时邀请气质温婉的松岛菜菜子参演，更增加了电影的感人程度。松岛菜菜子气质出众，有着与生俱来的温婉魅力，收放自如的演技更让她在多部影视剧中创造了经典形象：《利家与松》中高贵聪慧的阿松，《美女或野兽》中优雅自信的鹰宫真，日版《人鬼情未了》中温柔的星野七海……在《祈祷落幕时》中，松岛菜菜子饰演一个背负悲惨过去、深沉冷冽又饱含深情的台剧演员兼导演浅居博美，她在电影里手持电话满眼泪光的镜头还被做成了海报，和阿部宽的锐利目光相得益彰。

　　《祈祷落幕时》是"加贺恭一郎系列"中温情与感伤结合得非常好的作品，延续了东野圭吾推理的人性拷问。东野圭吾式推理在作案手法上不太讲究"奇技淫巧",但往往结构巧妙、悬念众多,深刻剖析人性。这部作品通过"加贺表弟松宫负责调查公寓杀人案"和"加贺在日本桥警署长期难以升迁的原因和他母亲的往事"及"浅居博美的秘密及与加贺的关系"三条线,将悬念和背后的人物复杂关系展现得淋漓尽致。电影虽然以谋杀开篇,但核心却是亲情,尤其是交代了加贺家庭的关系。加贺从小缺乏母爱,在破案过程中更能体察世间人情冷暖,在调查案件真相的时候,更关注受伤的心灵。他也一直在探寻母亲离开的原因,试图解开自己的心结。

浅居忠雄父女虽然延续了《白夜行》中桐原亮司对雪穗、《嫌疑人X的献身》中石神对靖子那种"无条件的奉献"模式,但少了《白夜行》那种阴暗、压抑和《嫌疑人X的献身》那种卑微、极端。尽管浅居忠雄为了让女儿解脱,他牺牲自己变身隐形人,甚至残忍地痛下杀手,但他本身就是温厚老实的好人,不乏良知和内心的挣扎,在黑道的胁迫下最终走上绝路,最后按自己的意愿死在女儿手中。父女二人隔着一座桥,"守望你的成长和成功是我一生的全部意义。而你越成长越成功，就越是对我命运的诅咒"。然而浅居忠雄为了女儿，杀了善良的老师、正义活泼的弱女子，陷入了自己制造的"诅咒"，无奈到让女儿亲自杀死自己获得解脱。在东野圭吾的作品中，这种宿命的无奈、人性的挣扎是一种常态。

随着《祈祷落幕时》的问世，自1986年以来"加贺恭一郎系列"已经推出了十部小说，加贺的家庭关系也在漫长的时间里被"抽丝剥茧"。《毕业：雪月花杀人游戏》里描写了他与父亲的紧张关系；《红手指》中讲述了他母亲的离家出走和父亲因为愧疚孤独死去；《祈祷落幕时》中揭开他母亲出走和加贺留在日本桥警署的原因。如此一来，在《祈祷落幕时》中，东野圭吾揭开了加贺的身世与内心秘密，为该系列画上完美的句号，读者和观众也完整厘清了加贺家庭的情况。

东野圭吾亲自操刀担任了《祈祷落幕时》的编剧，他充分发挥了自己制造"悬疑"的才能，改编非常成功。这部电影被日本媒体盛赞为"东野圭吾推理宇宙巅峰之作"和"日本年度最佳悬疑电影"，并创下了同系列电影中最高的票房成绩。更重要的是,"加贺恭一郎系列"电影改编的成功,将东野圭吾小说和影视的互动推向了又一个高度,极大地提升了他在读者和观众里的接受度。

"《祈祷落幕时》描写了对父母的爱和对子女的情。渴望幸福的祈祷一层又一层,紧紧抓住了读者的心",这种对幸福的祈祷因为"好人的无奈结局",充满了种种"原罪"和"救赎",等待最终的破局,这种破局一直是东野圭吾孜孜追求之所在,也是在社会浮沉中的读者和观众的心之所向,因而有无须言说但感人肺腑的共鸣力量。

走向世界：东野圭吾渡海，声名远播

东野圭吾的创作依然在延续，因此在很长的一段时间内很难确定他在日本推理文学界的地位，尽管如此他的推理作品在日本的出版和流行已经早已比肩江户川乱步、森村诚一、松本清张等公认的推理文学大师，从此意义上说把东野圭吾称为推理文学大师也是比较中肯的。作为知名的推理小说作家，东野圭吾的作品也早已冲出日本，渡海远播，尤其在东亚文化圈里形成了巨大的影响力。

东野圭吾大部分的作品在日本都被进行了影视化改编，尤其像《白夜行》《嫌疑人 X 的献身》《解忧杂货店》等代表作的影视改编作品同其书籍一样畅行。比如由福泽克雄执导，阿部宽、松岛菜菜子等主演的《祈祷落幕时》于2018年1月27日在日本公映，就是最近非常有名的作品。该电影在2019年4月12日被引进中国，取得了不俗的票房成绩。

尽管难以统计东野圭吾作品在世界范围的准确销量和读者人数，但从他在中国的畅销程度就可窥见一斑。从2010年"作家富豪榜之父"吴怀尧第一次发布"外国作家富豪榜"开始，东野圭吾一直都没有掉出前十的位置，2014年之后更是多年占据着榜首，在2018年更是拿到惊人的4200万版税。

就像《祈祷落幕时》电影被引进一样，东野圭吾的影响力在影视上在逐步扩大。时至今日，他的小说改编的影视作品已经逐渐被更多人接受：1998年开始陆续制作播出，由福山雅治、柴崎幸等主演的日剧"神探伽利略系列"；2006年由山田孝之、绫濑遥主演的日剧《白夜行》，2011年再次被改编上映的由堀北真希、高良健吾等主演的日本电影《白夜行》；2009年上映的由寺尾聪、竹野内丰、伊东四朗等主演的日本电影《彷徨之刃》；2010年上映的由志田未来、佐佐木藏之介等主演的日剧《秘密》……这些作品在中国的传播越来越广,网络上对其的讨论也越来越多,而且很多未被引入中国的作品也受到了国内读者和电影爱好者的广泛关注。

随着东野圭吾的各种作品在更大范围内被接连出版(中国就已经几乎引进了东野圭吾所有已经在日本公开出版的作品,包括推理小说和传记)和影视改编作品相继被介绍而来,不同的文化环境里对他的解读和理解也在逐渐加深。如果说翻译出版由于还原度难以体现出这种解读和理解,那么本土化的影视改编就将其更推进了一步。目前,东野圭吾的作品在中国、韩国、法国等都有改编作品问世,同属东亚文化圈的中韩两国,对东野圭吾作品的接受度也更高,在改编上也走得更远。

在中国,目前比较著名的影视化改编作品有两部:2017年3月31日全国公映的《嫌疑人X的献身》,该片由苏有朋执导,王凯、张鲁一等主演,林心如特别出演,这部作品也是东野圭吾推理小说首次在中国进行影视化改编;2017年12

月29日《解忧杂货店》在全国公映，该片由韩杰执导，王俊凯、迪丽热巴、董子健等领衔主演，成龙特别出演，在中国《解忧杂货店》可以说是东野圭吾最知名的作品，因此此次改编也获得了很高的关注。

韩国对东野圭吾作品的影视化改编更早，比较著名的作品也有两部：2012年10月18日在韩国公映的《嫌疑人X的献身》，该片方恩珍执导，柳承范、李瑶媛、赵镇雄主演；2014年4月10日在韩国公映的《彷徨之刃》，该片由李正浩执导，郑在泳、李成民主演。

无论是中国还是韩国的本土化影视改编，虽然都比较忠实于原著，但既然是"改编"而不是"翻译"，必然会根据自己对观众心理的预期判断来进行相应的改动，同时也加进去更多来自本土的因素，从另一个角度来理解东野圭吾作品传达出的理念；或者在表现方式上进行相应调整。比如在中国，大约是出于对电影观众年轻化的预判，选用了很多并非有丰富影视演绎经验但非常知名的艺人出演，充满了更多的青春活力和乐观气息,这在中版《解忧杂货店》里表现得非常明显。

同样地,在 21 世纪之后,韩国电影在严肃和现实主义批判的道路越走越深入,因此对东野圭吾作品的改编甚至比日本的改编更为冷峻和细腻,无论是金石固(即原著中的石神哲哉)和白花善(即原著中花冈靖子)母子交往,还是白花善对金石固的感情线(从不解到半信半疑,再到完全相信,而后是由于产生误会而歇斯底里,最后明白真相之后内心充满了愧疚),在逻辑上都非常严谨。韩版《嫌疑人 X 的献身》的改编中增加金石固和白花善的交往内容,并比日版中更注意优化女主的形象和选择对象的眼光等,虽然这样一定程度上减少了原著中石神那种令人震撼的"仪式感",但由于更贴近真实生活而令人百感交集。这种改编呈现出来的复杂情感、逼真生活、人性灰度等的内容,在韩国近年来的现实主义电影如《金福南杀人事件始末》《黄海》《新世界》《军舰岛》等知名影片里非常容易感受到。

东野圭吾作品的影视化改编依然会随着他的作品的不断出版而延续，推理小说和电影的双向互动也有助于读者和观众进一步探究东野圭吾的推理世界。在世界上，东野圭吾的声名也随着他作品的引进出版和各地本土化的影视改编而不断传播。在中国，对东野圭吾作品的改编就有了新领域的拓展，继舞台剧《新参者》之后，该剧原班人马又推出了舞台剧《虚无的十字架》，于2019年8月在北京上演。东野圭吾奉献给了世人一个别样而丰富精彩的推理世界，这也成就了他的名声。东野圭吾的推理世界还将继续开拓下去，来自全球的读者可以通过这个世界的窗口来一窥当代的日本社会，来品味复杂的人性和百态的人生，其中的精彩既是东野圭吾的魅力所在，也是文学的魅力所在，更是你我都置身其中的人类社会的魅力所在。

东野圭吾大事记

1958 年

1958 年 2 月 4 日,东野圭吾出生于日本大阪市生野区的一个军人家庭,家里经营一个卖眼镜和饰品的小商店。"东野圭吾"在日本是个小姓,它的英文本应读作"Touno",但东野圭吾父亲将它改成了"Higashino",所以如今东野圭吾的英文名就是"Higashino Keigo"。东野圭吾还有两个姐姐。

1964 年

1964 年 4 月,东野圭吾进入大阪市立小路小学读书,那一年东京举办了奥运会。小学时期糟糕的伙食给东野圭吾留下了很深的印象。整个小学期间东野圭吾成绩经常停留在3分（1分最低，5分最高），是"最普通"学生里的一员。

1970 年

1970 年 3 月，大阪世博会召开。东野圭吾和朋友去了会场，第一次与外国人"交流"。4 月，东野圭吾升入大阪市立东生野中学。在初中东野圭吾遇到了"疯狂的第二十四届"的坏孩子们，整个中学时期都在战战兢兢中度过。

1973 年

1973 年 3 月，东野圭吾升入了当地的中等学校大阪府立阪南高中。高中时期的东野圭吾学习并不好，后来为高考苦苦挣扎。

1974 年

1974 年是东野圭吾推理小说"创作元年"。在姐姐的带领下东野圭吾阅读了江户川乱步奖作品、小峰元的《阿基米德借刀杀人》,开始熟悉推理小说作品。东野圭吾开始创作题目叫作《智能机器人的警告》的推理小说。后他又创作了名为《狮身人面像的积木》的第二部作品,至 1976 年未完搁笔(两部作品至今均未出版)。

1977 年

复读一年的东野圭吾在这一年考入大阪府立大学工学部,学的是电机工程专业。喜欢社团的东野圭吾加入了学校的西式弓箭部。大学时期,东野圭吾将大量的时间和精力花费在射箭场和联谊活动上。后来东野圭吾成为弓箭部的部长,但将队伍带到了降级。

1981 年

大学毕业后的东野圭吾在 1981 年进入日本电装株式会社经过新人培训和生产线工作后被分配到生产技术部。

1983 年

赶在 1983 年 1 月底的投稿截止日期前,东野圭吾向江户川乱步奖投了仓促写成的《人偶之家》。紧接着开始创作以棒球运动为背景的第二部小说《魔球》,并在 1984 年进入第三十届乱步奖最终决选。1983 年年底,东野圭吾与一位高中教师结婚。

1985 年

东野圭吾凭借《放学后》与森雅裕(《莫扎特不唱摇篮曲》)在该年同时获得了第五十一届江户川乱步奖!《放学后》由讲谈社出版,10 月东野圭吾在爱知县一家有名的书店举行了有生以来首次签售会。

1986 年

东野圭吾辞去了日本电装株式会社的工作，在 1986 年 3 月搬到了东京，成为职业作家。讲谈社出版《毕业：雪月花杀人游戏》，光文社"河童 novels"系列出版了东野圭吾的《白马山庄杀人事件》。

1988 年

《大学城杀人事件》先后入围吉川英治文学新人奖和日本推理作家协会奖，同年东野圭吾出版了《魔球》《以眨眼干杯》《浪花少年侦探团》，其中《魔球》入选年度十大推理小说。

1990 年

《鸟人计划》入围吉川英治文学新人奖。《宿命》和《假面山庄杀人事件》出版，《假面山庄杀人事件》被某些评论家批评为抄袭别人之作，但实际上东野圭吾这部作品早就在杂志上连载，并非抄袭。

1996 年

《天空之蜂》入围了吉川英治文学新人奖。这一年东野圭吾出版了《名侦探的守则》《谁杀了她》《毒笑小说》《名侦探的诅咒》《恶意》五本书。其中"反本格推理"的《名侦探的守则》与《名侦探的诅咒》引起了巨大反响。

1997 年

《名侦探的守则》入围了吉川英治文学新人奖，东野圭吾和许多推理小说前辈参加了庆祝日本推理作家协会成立五十周年举行的"文人戏"。这一年东野圭吾家庭受到挫折，和妻子离婚。

1999 年

引起巨大反响的《秘密》入围了日本推理作家协会奖和

直木奖，改编的同名电影于该年上映，由广末凉子等主演，从此东野圭吾的小说真正走上了影视化道路。《白夜行》出版，次年获得直木奖提名。

2004 年

新年伊始，东野圭吾的母亲因为癌症住进了医院，6月3日因医治无果去世。东野圭吾父亲从大阪搬入横须贺的养老院。《嫌疑人X》(出版时改为《嫌疑人X的献身》)开始连载，于次年正式出版。

2006 年

东野圭吾凭借大获好评的《嫌疑人X的献身》终于斩获了屡屡擦肩而过的直木奖！该书还获得了第六届本格推理小说奖。后来该作还于2012年入围美国推理作家协会举办的爱伦·坡奖最佳小说奖和美国犯罪小说杂志举办的巴瑞奖新人奖。

2008 年

《流星之绊》出版,同年被拍摄成同名日剧,并斩获第四十三届新风奖。"神探伽利略系列"第四部《伽利略的苦恼》、第五部《圣女的救济》出版。

2012 年

《解忧杂货店》出版,获得第七届中央公论文艺奖。同时,"神探伽利略系列"第七部《虚像的小丑》、第八部《禁断的魔术》及《那个时候的谁》出版。

2013 年

《梦幻花》出版,并获得第二十六届柴田炼三郎奖。同年被称为"加贺恭一郎系列"完结之作《祈祷落幕时》出版。

2017 年

由广木隆一执导,山田凉介、村上虹郎、宽一郎等主演的《浪矢解忧杂货店》在日本上映,后于 2018 年 2 月 2 日在中国公映。由苏有朋执导,王凯、张鲁一、林心如、叶祖新、邓恩熙等主演的改编电影《嫌疑人 X 的献身》,于 2017 年 3 月 31 日上映。这是国内首部改编自东野圭吾小说的影视作品。由韩杰执导,王俊凯、迪丽热巴、董子健等主演的国产《解忧杂货店》电影在 12 月 29 日上映。

2018 年

由福泽克雄执导,东野圭吾亲自编剧,阿部宽、松岛菜菜子等主演的《祈祷落幕时》于 2018 年 1 月 27 日在日本上映,后于 2019 年 4 月 12 日在中国上映。

2019 年

  由国本雅广指导，三浦春马、高桥玛莉润、松本真理香、柿泽勇人等主演的惊悚悬疑电视剧《濒死之眼》（改编自 2007 年出版的《濒死之眼》）于 2019 年 3 月 16 日在日本WOWOW 台开播。

主要参考书目

主要参考著作

[1] 【美】鲁思·本尼迪克特.菊与刀[M].何晴译.杭州:浙江文艺出版社,2016.

[2] 【日】东野圭吾著.我的晃荡的青春[M].代珂译.海口:南海出版公司,2016.

[3] 【日】东野圭吾.东野圭吾最后的致意[M].潘璐译.北京:新星出版社,2016.

[4] 【日】野岛刚.被误解的日本人[M].上海:上海三联书店,2015.

[5] 【日】藤田正胜.日本文化关键词[M].李濯凡译.北京:新星出版社,2019.

[6] 【日】铃木贞美.日本文化史重构:以生命观为中心[M].魏大海译.北京:中国社会科学出版社,2011.

[7] 杨国华.日本当代文学史[M].上海:上海三联书店,2014.

[8] 叶渭渠.真相之美[M].太原:北岳文艺出版社,2016.

[9] 王新禧.日本妖怪奇谭[M].西安:陕西人民出版社,2018.

[10] 王姗姗.日本文学的文化意境[M].北京:中国纺织出

版社，2018.

主要研读的东野圭吾推理小说

［1］【日】东野圭吾.魔球［M］.黄真译.海口：南海出版公司，2014.

［2］【日】东野圭吾.放学后［M］.赵峻译.海口：南海出版公司，2009.

［3］【日】东野圭吾.宿命［M］.张智渊译.海口：南海出版公司，2009.

［4］【日】东野圭吾.名侦探的守则［M］.岳远坤译.海口：南海出版公司，2010.

［5］【日】东野圭吾.名侦探的诅咒［M］.岳元坤译.海口：南海出版公司，2010.

[6]【日】东野圭吾.侦探伽利略[M].赵博,戴璐璐译.海口:南海出版公司,2008.

[7]【日】东野圭吾.秘密[M].赵博译.海口:南海出版公司,2008.

[8]【日】东野圭吾.白夜行[M].刘姿君译.海口:南海出版公司,2013.

[9]【日】东野圭吾.彷徨之刃[M].刘珮瑄译.海口:南海出版公司,2011.

[10]【日】东野圭吾.嫌疑人X的献身[M].刘子倩译.海口:南海出版公司,2008.

[11]【日】东野圭吾.解忧杂货店[M].李盈春译.海口:南海出版公司,2014.

［12］【日】东野圭吾.祈祷落幕时［M］.代柯译.海口：南海出版公司，2015.

［13］【日】东野圭吾.虚无的十字架［M］.王蕴洁译.海口：南海出版公司，2015.

［14］【日】东野圭吾.风雪追击［M］.赵文梅译.海口：南海出版公司，2017.